KB114613

鵬붕정대연가

붕정대연가(鵬程大戀歌) 1□

임영기 新무협 판타지 소설

초판 1쇄 찍은 날 § 2021년 9월 27일
초판 1쇄 펴낸 날 § 2021년 10월 4일

지은이 § 임영기
펴낸이 § 서경석

총괄팀장 § 노종아
편집책임 § 김우진
디자인 § 스튜디오 이너스

펴낸곳 § 도서출판 청어람
등록번호 § 제387-1999-000006호
등록일자 § 1999. 5. 31
어람번호 § 제2-2887호

주소 § 경기도 부천시 부일로 483번길 40 서경B/D 3F (우) 14640
전화 § 032-656-4452 팩스 § 032-656-4453
http://www.chungeoram.com
E-mail § chungeorambook@daum.net

ⓒ 임영기, 2021

ISBN 979-11-04-92383-8 04810
ISBN 979-11-04-92299-2 (세트)

도서출판 청어람

10

임영기 무협 판타지 소설

Cover illust A4

붕정대연가

FANTASTIC ORIENTAL HEROES

鵬 붕정대연가

목차

第九十九章

폐골산(弊骨散)

진검룡과 민수림은 남창 성내 흥남대로에 있는 어느 장원 맞은편에 서 있다.

민수림은 천하절색 미모로 사람들의 이목을 끌지 않으려고 눈 아래 얼굴을 면사로 가린 모습이다.

두 사람은 길 건너 장원의 굳게 닫힌 전문을 물끄러미 응시하며 대화를 나누었다.

"장원 내에 독을 풀었을 거예요."

민수림은 단정하듯이 조용한 목소리로 말했다.

"독입니까?"

진검룡은 미간을 좁혔다.

민수림은 고개를 끄떡였다.

"특수한 독을 풀었다면 괴질이라고 오인하게 만들 수 있을 것 같아요."

그녀는 기억을 잃었기 때문에 깊은 생각을 하지 않는 대신 즉시 떠오르는 반응을 믿는다.

그녀는 이 년 전 검림관에 원인을 알 수 없는 괴질이 돌았다는 말을 들었을 때 반사적으로 독을 풀었을 것이라는 생각이 떠올랐었다.

"그렇습니까?"

진검룡은 지금까지 민수림이 했던 말이 한 번도 틀리지 않았다는 사실을 잘 알고 있다.

하지만 그는 독에 대해서는 완전히 문외한이므로 민수림의 말을 조금도 이해하지 못했다.

검림관에 독을 풀었다는데 그것이 어떻게 괴질이 될 수가 있다는 말인가. 다만 언제나 그랬듯이 무조건 그녀의 말을 믿을 뿐이다.

그때 진검룡은 저만치 장원의 골목에서 부옥령과 소소가 걸어 나오는 것을 발견했다.

부옥령과 소소는 진검룡과 민수림이 서 있는 길 건너의 장원에 잠입하여 안을 살펴보고 오는 길이다.

저 장원이 예전 검림관이었다.

장원의 뒷담으로 가서 부옥령이 소소를 안고 장원 안에 잠입했다가 여기저기 둘러보고 나왔다.

환한 대낮이지만 부옥령은 일절 발각되지 않았다.

그녀가 안내를 맡은 소소를 데리고 장원 안을 이리저리 돌아다녔으나 그들을 발견한 사람은 아무도 없었다.

이윽고 부옥령과 소소가 진검룡이 서 있는 곳으로 걸어와서 가볍게 고개를 숙였다.

"다녀왔어요."

진검룡이 다녀온 일은 어떻게 됐느냐고 눈으로 물었다.

"장원 내 우물 곳곳에 독을 탄 흔적이 남아 있어요. 폐골산(弊骨散)이라는 독인데 우물물을 마시면 서서히 중독되어 사람을 열흘 안에 죽게 만들죠."

"……."

진검룡은 민수림에게 검림관 내에 독을 풀었을 것이라고 미리 들었기 때문에 놀라지 않았다.

민수림은 우물에 푼 독이 폐골산이라는 사실만 몰랐을 뿐이다.

"알고 계셨나요?"

"응."

진검룡이 고개를 끄떡이자 부옥령은 민수림이 말해주었을 것이라고 생각했다.

부옥령은 독에 대해서는 훤하지만 그렇다고 민수림에 비할 바는 아니다.

천하에 모르는 것이 없는 무불통지인 민수림은 독에 대해서도 타의 추종을 불허할 정도다.

"하지만 지금은 우물에 독이 남아 있지 않아요. 폐골산의 기운이 매우 미미하게 남아 있는 정도라서 그 우물물을 마셔도 중독되지는 않아요."

진검룡은 맞은편 장원의 전문을 쳐다보았다. 전문 위 현판에는 ―만월장(滿月莊)―이라고 적혀 있다.

"저 만월장은 뭐 하는 곳이지?"

소소가 대답했다.

"적도방 사택이에요."

"적도방?"

소소는 만월장에 대한 얘기를 적인결에게 자세히 들었다.

"제 생각에는 이 년 전에 적도방에서 검림관 우물에 독을 푼 것 같아요."

진검룡은 팔짱을 꼈다.

"이유는?"

언제부턴가 진검룡은 말수가 줄었다. 대신 상대의 말을 많이 듣는 편이다.

"검림관을 와해시키고 검림관주인 당재원과 그 측근들을 적도방으로 끌어들이기 위해서였을 거예요."

"흠. 그런가?"

진검룡은 알겠다는 듯 고개를 끄떡였다.

예전에 그는 생각이 짧아서 상대방의 말을 잘 이해하지 못했다. 하지만 지금은 곧잘 알아듣고 또 미리 앞질러서 생각하기도 한다.

생각하는 것도 훈련에 의해서 길들여지는 법이다.

생각하는 것을 귀찮게 여긴다면 단순한 사람이 돼버리고 만다. 하지만 매사에 깊이 생각하면서 관조하는 습관을 들이면 어떤 일이나 사물을 표면이 아닌 내면을 들여다볼 수 있게 되는데 진검룡이 지금 그렇게 발전하고 있는 중이다.

"당재원이 그 정도로 괜찮은 인물이냐?"

"당재원에 대해서는 주군께서 무엇을 생각하시든 그 이상일 거예요."

"그런가? 그 정도 인물이라면 누구라도 탐을 내겠지. 하지만 그를 얻으려고 독을 푼 것은 천인공노할 짓이다. 그런 방법밖에 없었나?"

소소는 아름다운 미소를 지으며 말했다.

"적도방은 남창은 물론이고 강서성 제일방파가 되기 위해서 차근차근 준비를 했던 거였어요. 그 과정에 당재원을 끌어들이는 것도 포함됐었겠지요."

"흠."

"그런 식으로 지난 이삼 년 사이에 적도방은 몸집을 두 배이상 키웠어요."

진검룡은 싱긋 미소 지었다.

"그따위 비열한 수법을 사용하는 적도방이라면 강서무림의 맹주가 될 자격이 없다. 오히려 이 땅에서 영원히 사라져야 할 적폐다."

"맞아요. 남창과 강서성에서 적도방에게 해악을 당한 방파와 문파는 검림관 하나가 아니에요."

*   *   *

진검룡 일행은 남창에서 오 리 떨어진 부벽강(浮碧江) 강변에 위치한 횡항(橫港)이라는 마을로 갔다.

횡항은 원래 작고 한적한 포구였지만 이삼 년 전부터 외부인들이 유입되기 시작했다.

지금은 웬만한 현(縣)에 버금갈 정도로 크고 번화해졌다.

모두 적도방 때문이다.

원래 삼백여 명 정도였던 적도방이 이삼 년 전부터 불가사리처럼 세력을 넓히더니 현재는 천삼백여 명으로 불어났다.

그리고 남창제일방파가 되었으며 머지않아서 강서성 제일방파로 거듭날 것이다.

식구가 천삼백여 명이나 되는데도 적도방 내에서 숙식을 하는 사람은 백여 명에 불과하다.

적도방은 부벽강 절벽 위에 세워져 있으며 땅이 협소해서 그 자리에는 더 이상 전각을 지을 수가 없다.

적도방으로 오를 수 있는 방법은 횡항 쪽에서 구불구불 이어진 길 하나뿐이고 삼면이 온통 깎아지른 절벽이라서 천험의 요지다.

실제로 적도방은 그런 지형적인 이점 덕분에 지금껏 수많은 싸움에서 승리를 거두었다.

적도방은 나가서 싸우지 않고 적도방 내에서 꼼짝도 하지 않는 수성(守城) 작전을 펼친다.

적도방을 성(城)처럼 지었기 때문에 성문만 굳건히 지키면 절대 뚫리지 않기 때문이다.

또한 적도방의 담, 아니, 성벽의 높이는 삼 장 반에 이르고 성벽이 위로 오를수록 바깥으로 휘어져 있으므로 절대로 기어오르지 못한다.

그런 이점이 있는 반면에 좁은 땅 때문에 전각을 충분히 짓지 못해서 매우 불편한 생활을 감수해야만 하는 단점도 있다.

그렇기에 적도방 사람들 거의 대부분은 외부에 집이나 방을 구해서 숙식을 해야 하는 처지다.

적도방이 세력을 확장하는 추세에 맞춰서 횡항마을도 비약적으로 커졌던 것이다.

그렇지만 물 반 땅 반인 횡항마을도 이미 포화 상태다.

손바닥만 한 땅이라도 있는 곳에는 어김없이 집이 들어서 있어서 이젠 더 이상 집을 지을 곳이 없다.

그래서 적도방은 이곳에서 오 리 거리인 남창 성내의 집이 될 만한 것들을 수단과 방법을 가리지 않고 사들인다고 한다.

"저자가 당재원입니다."

열어놓은 창을 통해서 밖을 주시하고 있던 조양문 총관 적인결이 긴장된 표정으로 말했다.

지금은 하반(下班:퇴근) 시간이라서 적도방에서 횡항마을로 뻗어 있는 외길에는 적도방 소속 고수와 무사들이 떼를 지어서 몰려 내려오고 있다.

진검룡과 민수림 등이 있는 주루는 적도방으로 향한 하나뿐인 길의 언덕 아래에 자리를 잡고 있다.

언덕 아래에는 주루와 객주집들이 즐비하게 늘어서 있어서 적도방 사람들을 유혹하고 있다.

"데리고 와라."

"네."

말과 함께 한 사람이 일어나 총총히 밖으로 나갔다.

그 사람은 적인결이 데리고 온 조양문 고수인데 예전에는 당재원의 제자였었다.

검림관이 괴질 때문에 문을 닫고 나서 검림관의 제자들은 뿔뿔이 흩어졌다.

그런데 대부분 적도방으로 흡수됐고 나머지가 조양문과 여타 방파와 문파에 들어갔었다.

지금 진검룡과 민수림 등이 있는 곳은 주루의 이 층에 있는 특실이다.

부옥령과 소소, 적인결, 그리고 한 명의 요염한 자태를 지닌 여인이 있다.

이 여인은 남창 어느 유명한 기루의 기녀인데, 진검룡 일행이 이제 두 번째로 불러올 적도방 소속 인물이 하늘 아래에서 가장 좋아하는 사람이다.

남창을 비롯하여 강서성의 모든 지식을 깡그리 머릿속에 담고 있다는 적인결은 눈도 깜빡이지 않고 창밖을 뚫어지게 주시하고 있다가 가라앉은 목소리로 말했다.

"저기 옵니다."·

적인결의 손가락은 언덕길을 몰려 내려오고 있는 수십 명을 가리키고 있다.

그는 요염한 여인 상화(床花)의 어깨에 손을 얹었다.

"상화, 가서 데리고 오게."

"네, 나리."

상화는 살포시 미소를 지으며 치맛바람을 일으키면서 방을 나갔다.

상화는 적인결을 무척이나 존경하고 있다.

상화뿐만이 아니라 남창의 많은 사람들이 대인이며 호인인 적인걸을 존경하고 좋아한다.

그런 적인걸이 선뜻 은자 백 냥을 내놓으면서 적도방의 한 사람을 유인해 달라고 했을 때 상화는 돈을 받지 않고 그냥 해주겠다고 손사래를 쳤었다.

그렇지만 적인걸은 상화의 손에 은자 백 냥이 든 주머니를 꼭 쥐여주었다.

상화는 지금 자신이 유인하러 가는 인물을 손톱만큼도 좋아하지 않는다.

아니, 오히려 극도로 싫어한다.

그 인물이 돈푼이라도 좀 생기면 상화네 기루에 와서 꼭 그녀를 불러 앉히고는 치근덕거리면서 온갖 해괴한 짓을 다 하기 때문이다.

진검룡이 창밖을 내다보니까 조금 전에 나간 조양문 고수가 한 명의 중년인에게 넙죽 인사를 하고 있다.

열심히 인사를 하는 조양문 고수의 손을 중년인이 반가운 표정으로 붙잡았다.

그러고는 두 사람이 뭔가 대화를 나누는 것 같더니 잠시 후 이곳 주루로 나란히 걸어왔다.

나란히 앉은 진검룡과 민수림은 어느 누가 봐도 영락없는 한 쌍의 연인이다.

두 사람은 지금이 어떤 상황인지도 모르는 듯 다정한 모습으로 서로에게 술을 따르고 마셨다.

그때 문이 열렸다.

척!

조양문 고수가 문을 열었고 중년인은 안으로 들어오려다가 실내에 있는 사람들을 발견하고는 가볍게 놀라는 표정으로 주춤했다.

적인결이 일어서며 온화하게 미소 지었다.

"당 형, 들어오시오."

"아… 적 형."

중년인은 평소에 서로 호형하면서 친하게 지내는 적인결을 보더니 비로소 경계심을 풀고 환하게 미소 지으며 안으로 들어왔다.

조양문 총관 적인결에게는 몇 가지 특징이 있는데 그중에 하나는 그에게 적이 없다는 사실이다.

적인결에게는 세 종류의 사람이 있다.

매우 친한 사람과 보통 친한 사람과 모르는 사람이다.

그러니까 적인결을 알고 있는 사람들은 그와 매우 친하거나 보통 친하고 그렇지 않은 사람은 그를 아예 모르는 사람이라는 얘기다.

세상천지에 자신을 알고 있는 수많은 사람들 중에서 단 한 명의 적도 만들지 않았다는 사실은 이 얼마나 대단한 일인가.

그것만 봐도 그가 얼마나 대단한 인물인지 미루어 짐작할 수가 있지 않겠는가.

중년인 즉, 당재원은 포권을 하고 나서 미소를 지으며 조양문 고수를 쳐다보았다.

"나와 한잔하자고 연흥(延興)을 보낸 것이오?"

이 년 전에 검림관이 문을 닫았을 때 조양문 고수 관연흥(貫延興)을 조양문에 보낸 사람이 당재원이었다.

적인결이 평소에 잘 알고 있는 관연흥을 자신에게 보내달라고 부탁했기 때문이다.

그러지 않았다면 당재원은 관연흥을 적도방으로 데리고 갔을 것이다.

적인결은 마주 미소 지으며 고개를 끄떡였다.

"그렇소. 우선 앉으시오."

적인결과 당재원은 진검룡과 민수림, 부옥령 맞은편에 마주 보는 자세로 앉았다.

당재원의 시선은 자연히 진검룡 등에게 향했다.

당재원은 진검룡 등이 누군지 궁금했으나 적인결은 소개하지 않았다.

아직 때가 아니기 때문이다.

*   *   *

탁자에는 최고급 요리와 남창의 명주(名酒)인 파호주(鄱湖酒)가

놓여 있다.

거기에 한 그릇에 은자 대여섯 냥씩 하는 데다 쳐다보기만 해도 입안에 침이 고이는 요리도 십여 가지가 넘게 차려져 있었다.

남창에 산다고 해도 너무 비싼 탓에 죽을 때까지 단 한 잔도 마셔보지 못하는 사람이 부지기수라는 파호주가 몇 병이나 놓여 있다.

"한잔하시오."

적인결이 빈 잔을 내밀고 다른 손으로 파호주 술병을 들자 당재원이 미소 지으며 받았다.

당재원은 적인결이 진검룡 등을 소개하지 않는 데에는 그만한 이유가 있을 것이라고 이해를 했다.

호인이며 통이 큰 사람은 이럴 때를 알아볼 수가 있는 법이다.

그들은 상대를 배려하고 작은 것에 연연하지 않으며 인내를 갖고 기다릴 줄 안다.

그렇지만 당재원은 시선이 자꾸 진검룡과 민수림, 부옥령에게 향하는 것을 어쩌지 못했다.

그도 그럴 것이 당재원은 나이 사십오 세가 되는 이날까지 살면서 민수림이나 부옥령 같은 천하절색의 미녀를 한 번도 본 적이 없었다.

진검룡의 용모도 민수림이나 부옥령에는 미치지 못하지만

제법 준수한 호남형이다.

당재원이 짐작하기로는 맞은편에 앉아 있는 진검룡 일행 때문에 적인결이 자신을 부른 것 같았다.

척!

그때 문이 열리고 적인결과 당재원의 시선이 동시에 문으로 향했다.

그때 들어서던 장한이 실내에 당재원이 있는 것을 발견하고 크게 놀랐다.

"헛! 총교부께서 여길 어떻게……."

그러나 그는 더 이상 말하지 못하고 뻣뻣하게 몸이 굳었다.

당재원은 일어서며 장한을 알은척했다.

"심 당주 아닌가?"

"……."

그러나 이미 부옥령의 무형지기에 혈도가 제압된 장한은 뻣뻣하게 굳은 채 눈알만 데룩데룩 굴렸다.

장한이 갑자기 뻣뻣해진 것을 보고 당재원은 반사적으로 그의 혈도가 제압됐다고 판단했다.

그때 장한의 두 발이 바닥에서 한 뼘쯤 허공으로 떠오르더니 느릿하게 안으로 둥둥 흘러 들어왔다.

"아……."

당재원과 적인결, 관연홍은 크게 놀라서 입을 벌렸다.

그들이 보기에 장한은 자력으로 허공을 뻣뻣하게 날아가는 것이 아닌 게 분명하다.

부옥령이 접인신공으로 장한을 가까운 곳으로 끌어들이면서 문밖에 있는 상화에게 전음을 했다.

[수고했어요. 당신은 문을 닫고 그만 가도록 하세요.]

상화는 고개를 숙인 뒤 밖에서 문을 닫았다.

장한은 진검룡 오른쪽에 앉아 있는 부옥령 옆쪽에 이르러서 저절로 바닥에 무릎을 꿇었다.

당재원과 적인결, 관연홍은 그제야 부옥령이 접인신공으로 장한을 끌어당겼다는 사실을 깨닫고 넋이 나간 표정으로 그녀를 쳐다보았다.

부옥령은 장한을 눈 아래로 굽어보며 조용히 입을 열었다.

"네가 적도방 화풍당주(火風堂主) 심진탁(沈橭卓)이냐?"

장한은 목덜미가 뜨끔! 하더니 아혈이 풀렸다.

"대체 당신들은 누구… 끄윽……!"

장한 심진탁은 버럭 소리를 지르다가 양쪽 어깨가 부러지는 통증을 느끼고 신음을 터뜨렸다.

"묻는 말에만 대답해라. 네가 심진탁이냐?"

"으으… 그렇소."

어깨의 통증이 사라지자 심진탁은 비지땀을 흘리면서 겨우 대답했다.

부옥령은 술잔을 입으로 가져가면서 조용히 물었다.

"너, 이 년 전에 남창 겸림관 안에 있는 세 개의 우물에 폐골산을 풀었느냐?”

“……”

심진탁은 소스라치게 놀라서 눈을 휘둥그렇게 떴다.

놀라기는 당재원도 마찬가지다. 하지만 심진탁과는 다른 이유 때문에 놀란 것이다.

이 년 전 그 일 때문에 당재원을 비롯한 검림관 사람들은 재앙을 당하지 않았던가.

부옥령이 그런 사실을 어떻게 알겠는가.

적인결은 여러 정황들을 미루어 봤을 때 적도방이 그런 짓을 저지른 게 분명하다고 짐작했다. 적도방 내에서 독에 대하여 제일 잘 아는 화풍당주가 그 일의 적임자라고 추리했던 것이다.

뚜걱…….

“……”

그때 심진탁의 머리에서 뭔가 부러지는 듯한 둔탁한 음향이 작게 터졌다.

그의 입이 커다랗게 벌어졌으나 비명 소리는 흘러나오지 않았다.

부옥령이 무형지기로 심진탁의 머리통을 느릿하게 조이면서 또다시 아혈을 제압했기 때문에 비명 소리를 터뜨리지 못하는 것이다.

머리가 점점 더 조여오자 심진탁의 눈에서 눈동자가 사라지면서 크게 벌린 입에서는 침이 흘렀고 그 안쪽에 목젖이 바르르 떨리고 있는 게 보였다.

당재원과 적인결, 관연홍은 이런 상황에서도 부옥령이 태연하게 술을 마시고 있는 모습을 보면서 아연실색하고 말았다.

부옥령이 심진탁을 다루고 있는 것이 분명한데 그녀는 심진탁을 향해 손조차 뻗지 않고 태연하게 술을 마시고 있다. 그거 하나만 보더라도 그녀가 얼마나 고강한지 미루어서 짐작할 수가 있을 터이다.

진검룡과 민수림은 아예 자신들끼리의 세계에 빠져 있어서 그들이 심진탁에게 손을 썼을 리가 없다.

있다면 부옥령뿐인데 그녀는 지금 막 술 한 잔을 마시고 나서 젓가락으로 요리 하나를 집어 입에 넣고 있다.

'말도 안 된다… 인간이 아니라는 말인가……'

당재원은 태어나서 이날까지 살아오면서 부옥령 같은 초절고수를 본 적이 없다.

부옥령은 심진탁의 머리 조이기를 그만두고 나서 잠시 후에 아혈을 풀어주었다.

"아흐흐흐……"

심진탁은 움직이지 못하는 몸뚱이를 부들부들 떨고 침을 질질 흘리면서 신음을 토했다.

부옥령이 다시 조용한 목소리로 물었다.

"네가 이 년 전 검림관 우물 세 곳에 폐골산(弊骨散)을 풀었느냐?"

그녀는 대답을 하지 않으면 또다시 방금 전의 그 고통을 가하겠다는 식의 위협을 하지 않았다.

하지만 오히려 그렇게 하는 것이 심진탁을 더욱 심한 공포에 빠뜨렸다.

"으흐흐… 그… 그렇습니다……."

결국 심진탁은 굴복하고 말았다. 다시 한번 머리가 깨지는 고통을 당하느니 차라리 죽는 게 낫기 때문이다.

"네놈이!"

당재원은 소스라치게 놀라 자리에서 벌떡 일어섰다.

그는 심진탁에게 달려들어 당장에라도 일장을 발출할 것 같은 기세로 다그쳐 물었다.

"정말 그게 네놈 짓이었느냐?"

심진탁은 겁에 질린 표정으로 겨우 대답했다.

"그… 렇습니다……."

"누가 시켰느냐?"

당재원은 심진탁이 혼자서 그런 짓을 저질렀을 것이라고는 절대로 생각하지 않았다.

"……."

부옥령이 자신과 심진탁 사이를 가로막고 서 있는 당재원에게 조용히 말했다.

"비켜요. 저놈 머리통을 박살 낼 테니까."

그러자 심진탁의 두 눈이 화등잔처럼 커지더니 입에서 게거
품을 뿜으며 외치듯이 말했다.

"으앗! 바, 방주가 시켰습니다!"

당재원은 잡아먹을 것처럼 눈을 부라렸다.

"틀림없느냐?"

"그… 렇습니다."

"으음… 그놈이……."

당재원은 두 주먹을 움켜쥐고 부르르 떨었다.

조금 전에 심진탁이 이 년 전 검림관에 독을 풀었다고 자
백했을 때, 당재원은 적도방주가 지시했을 것이라고 짐작했
었다.

그리고 그 생각은 예상대로 맞아떨어졌다.

모든 것이 적도방주의 음모였다.

        *   *   *

적인결이 당재원에게 정식으로 진검룡 일행을 소개했
다.

"영웅문 문주이신 진검룡 대협이시오."

"아……."

앉아 있던 당재원은 자신도 모르게 일어나면서 경악하는

표정을 지었다.

영웅문주 진검룡에 대한 소문은 현재 천하 무림을 무섭게 떨어 울리고 있는 실정이다.

그리고 진검룡만큼은 아니지만 영웅문 태상문주인 민수림에 대한 소문도 대단하다.

그런 쟁쟁한 소문을 당재원이 접하지 못했을 리가 없다. 그는 크게 놀라면서도 당황하는 표정을 지었다.

"그렇다면 두 분이 영웅쌍신수인 것이오?"

부옥령이 진검룡과 민수림을 정중하게 가리켰다.

"여기 계신 두 분께서 영웅쌍신수이시고 나는 영웅문의 좌호법이에요."

"아……."

당재원은 탄성을 흘리면서 진검룡과 민수림, 부옥령에게서 시선을 거두지 못했다.

적인결이 일어나서 진검룡에게 포권을 해 보이며 말했다.

"당 형, 우리 조양문은 진 대협 휘하로 들어갔소."

당재원은 놀라서 눈을 커다랗게 떴다.

"그게 정말이오?"

"그렇소. 본문은 영웅문 남창지부가 되었소."

"아아……."

당재원은 너무 놀라서 입을 다물지 못했다.

진검룡과 민수림이 일어나서 당재원에게 포권지례를 하며

인사했다.

"진검룡이오."

"민수림이에요."

"아⋯⋯."

당재원은 화들짝 놀랐다가 급히 포권을 했다.

"당재원이 두 분께 인사드리오."

진검룡이 미소 지으며 앉으라는 손짓을 했다.

"앉아서 얘기합시다."

아까 제압된 후에 자신이 알고 있는 사실들을 다 실토했던 적도방 화풍당주 심진탁은 혼혈이 제압되어 한쪽 구석 바닥에 짐짝처럼 쓰러져 있다.

*　　　*　　　*

일각에 걸쳐서 적인결이 당재원에게 자세히 설명했다.

조양문이 영웅문의 남창 제일지부가 되고, 제이지부가 될 적도방을 당재원이 맡아달라는 것.

그리고 영웅문의 목표는 최종적으로 검황천문을 괴멸시키는 것 등에 대한 설명이다.

적인결이 설명을 하는 동안 당재원은 크게 놀라서 아무 말도 하지 못했다.

설명이 끝난 후에도 당재원은 한동안 침묵하면서 미간을

잔뜩 찌푸리고 있다.

진검룡 등은 그가 생각을 끝낼 때까지 느긋하게 술을 마시면서 기다려 주었다.

당재원은 목이 타는지 술을 입에 쏟아붓고는 빈 잔을 내려놓으면서 말했다.

"이 년 전에 나는 문파를 개파하려고 계획했었소."

적인결은 고개를 끄떡였다.

"알고 있었소."

당재원은 씁쓸한 표정을 지었다.

"문파를 개파하려는 계획을 비밀로 했었는데 알 만한 사람은 다 알고 있었다는 사실을 나중에 알게 되었소."

"적도방에서도 알고 있었을 것이오."

당재원은 고개를 끄떡였다.

"조금 전까지는 상상도 못 했었는데 이제는 한 가지 사실을 알게 됐소."

"양번(梁幡)이 일거양득을 노렸다는 것이오?"

적도방주 이름이 양번이다.

"그렇소. 나를 비롯한 검림관의 실력 있는 고수들을 적도방에 영입하는 것과 검림관이 문파를 개파하려는 계획을 무산시키려는 의도였을 것이오."

당재원은 지그시 어금니를 악물었다.

"검림관이 문을 닫은 후에 나를 포함하여 백여 명의 고수들이 적도방에 들어갔었소."

적인결은 고개를 끄떡였다.

"그것 때문에 남창 제이방파였던 적도방의 세력이 단번에 우리 조양문을 능가하게 됐었소."

적인결은 씁쓸한 얼굴로 말을 이었다.

"그러고는 검황천문의 하수인이 되어 남창과 강서무림을 장악한 것이오."

"……."

당재원은 싸늘한 표정으로 이를 부드득 갈았다.

"양번, 죽일 놈……!"

이 년 전 검림관 우물에 직접 폐골산을 풀었던 적도방 화풍당주 심진탁의 입을 통해서 모든 사실을 직접 들었으므로 이것은 움직일 수 없는 분명한 증거다.

큰 체구에 어깨가 넓은 당재원은 진검룡을 향해 우뚝 서서 묵직하게 말했다.

"진 문주께서 두 가지 부탁를 들어주면 영웅문 휘하에 들어가겠소."

그는 '요구'라고 하지 않고 '부탁'이라고 말했다. 그것은 엄연한 차이가 있다.

진검룡은 고개를 끄떡였다.

"말하시오."

"첫째, 적도방 명칭을 바꾸는 것과 둘째, 내 녹봉을 얼마나 주실지 모르지만 일 년 치 녹봉을 가불해 주시오."

진검룡이 다시 고개를 끄떡였다.

"수락하겠소. 그런데 명칭을 무엇으로 바꿀지 생각해 둔 것이 있소?"

당재원은 조심스러운 표정을 지었다.

"청검문(靑劍門)이 어떻소?"

그는 이 년 전에 개파할 새 문파의 명칭을 청검문으로 지으려고 했었다.

진검룡은 빙그레 미소 지었다.

"좋은 이름이오."

그는 당재원이 당황하지 않게 넌지시 물었다.

"그런데 어째서 일 년 치 녹봉을 가불하려는 것이오?"

사실 진검룡은 그가 왜 가불을 하려는지 짐작했지만 그의 입으로 직접 듣고 싶었다.

당재원은 머뭇거리다가 대답했다.

"사실 내 식솔들은 검림관이 문을 닫은 이후 지난 이 년여 동안 고생을 많이 했소. 가불을 해서 그들을 좀 편히 지내게 하고 싶어서 그러오."

그의 식솔 백이십여 명이 지난 이 년여 동안 수십 척의 작은 배 수엽선에 나누어 타고 수상생활을 해왔다는 사실을 진검룡은 알고 있다.

진검룡 등은 아까 당재원을 기다리는 동안 적인결에게 적도방에 대한 설명을 들었다.

　적도방은 남창과 이곳 횡항, 그리고 인근에 여러 개의 사업을 하고 있으며, 거기에서 나오는 수입으로 적도방을 운영하고도 돈이 많이 남는다는 것이다.

第百章

청검문(靑劍門)

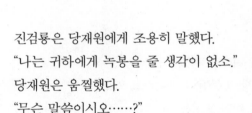

　진검룡은 당재원에게 조용히 말했다.

　"나는 귀하에게 녹봉을 줄 생각이 없소."

　당재원은 움찔했다.

　"무슨 말씀이시오……?"

　"여태까지 적도방이 해온 사업을 귀하가 이어서 해야 할 것
아니오?"

　당재원은 흠칫했다. 그는 영웅문이 적도방을 흡수하면 당
연히 적도방의 사업을 인수할 것이라고 생각했었다.

　"그렇게 하라고 명령하면 그러겠소."

　진검룡은 고개를 끄떡였다.

"적도방이 자급자족을 하라는 얘기요."

당재원은 애매한 표정을 지었다.

"나는 적도방의 사업에 관여해 본 적이 없고 아는 것이 아무것도 없소."

진검룡이 적인결에게 물었다.

"어떤가?"

"적도방은 매월 은자 백오십만 냥의 이문을 남긴 것으로 알고 있습니다."

당재원은 적인결에게 물었다.

"그 백오십만 냥으로 적도방을 운영하는 것이오?"

"아니오. 은자 백오십만 냥은 적도방을 운영하고 남은 금액을 말하는 것이오."

"그렇소?"

적인결은 엷은 미소를 지었다.

"그 돈은 적도방 총무당이 관리하고 있소."

당재원은 기대 어린 표정을 지었다.

"관리라는 것은 무슨 뜻이오?"

"남창 성내에 있는 대금장(大金莊)을 아시오?"

"남창 성내에서 가장 큰 전장이 아니오?"

"적도방 총무당이 운영하고 있는 전장이 대금장이오. 적도방에서 매월 남기는 수익금 은자 백오십만 냥은 대금장에서 고리대금을 놓고 있소."

"아……."

"당 형이 적도방을 직접 운영하게 되면 현재 은자 삼천만 냥 이상으로 확인된 대금장의 자금을 당 형 마음대로 사용할 수가 있을 것이오."

"……."

"그러니까 당 형의 녹봉 일 년 치를 가불할 필요가 없다는 얘기요."

당재원은 믿어지지 않는다는 표정으로 적인결과 진검룡을 번갈아 쳐다보았다.

"그럼……."

"적도방의 돈은 모두 당 형 것이라는 뜻이오. 그 돈으로 청 검문을 개파하고 운영하면 되는 것이오."

"아……."

당재원은 비로소 머리가 트이는 표정을 지었다.

진검룡은 가볍게 고개를 끄떡였다.

"우린 적도방의 돈을 일절 건드리지 않을 것이오."

"그게 가능한 일이오?"

무림의 방파와 문파들이 세력을 넓히고 다른 방파와 문파 들을 장악, 접수하려는 최종적인 목표가 이윤 창출, 즉, 돈을 더 많이 벌어들이기 위해서라는 것은 무림이 존재하는 동안 불변의 법칙이다.

적도방이 검림관에 독을 푼 이유도 궁극적으로는 돈을 더 많이 벌기 위해서였다.

그리고 검황천문이 한사코 항주를 포기하지 못해서 영웅문을 공격하는 것도 따지고 보면 다 돈 때문이다.

그런데 영웅문은 남창으로 세력을 넓혀서 적도방을 휘하에 거두려고 하면서도 사업과 돈은 일절 건드리지 않겠다고 하니까 당재원으로서는 그 말이 믿어지지 않는 것이다.

적인결이 대신 설명했다.

"당 형, 나는 며칠 전에 본문의 문주를 모시고 항주 영웅문에 다녀왔었소. 그때 절강성 전역에서 모여든 수십 개 방파와 문파들이 자발적으로 영웅문 휘하에 들어오는 것을 직접 목격했었소."

"그… 런 일이 있었소?"

당재원은 처음 듣는 얘기에 놀라기도 하고 귀가 솔깃하기도 한 표정을 지었다.

"그렇소. 그 자리에서 우리 조양문도 주군의 휘하에 들어갔던 것이오. 하지만 본문은 영웅문의 막대한 지원을 받을지언정 본문이 남창에서 운영하고 있는 사업에 대해서 영웅문은 일절 개입하지 않겠다고 약속했었소."

"오오……!"

"방금 주군께서 적도방 돈을 건드리지 않겠다고 말씀하신 것을 들었소?"

"들었소."

"그렇다면 안심해도 좋을 것이오."

당재원은 궁금한 표정으로 진검룡을 보며 물었다.

"외람된 말씀이지만, 영웅문은 돈이 필요하지 않은 것이오? 어째서 돈을 탐하지 않으시오?"

적인결이 빙그레 미소 지으며 반문했다.

"당 형, 항주제일부호가 어딘지 아시오?"

"십엽루 아니오?"

천하에서 가장 규모가 큰 열 개 상단을 천하십대상단 천십단이라 하고, 그 아래 그보다 규모가 작지만 한 지역을 지배하고 있는 천하삼십상역 천삼역이 있는데, 십엽루는 천삼역에 속한다.

적인결은 빙그레 미소 지었다.

"십엽루가 영웅문의 일개 당이라오. 영웅문 외문십오당 중에서 십엽당이오."

"아……."

"영웅문은 오히려 절강성의 여러 방파와 문파들에게 자금을 지원하고 있소. 아무런 대가도 원하지 않고 말이오."

당재원은 적잖은 충격을 받았다. 하지만 그것으로 다 이해가 되는 것은 아니다.

과연 천삼역의 하나이며 항주를 비롯한 절강성의 상계를 장악하고 있는 십엽루가 영웅문 휘하의 일개 당이라고 해도 본디 사람의 욕심이란 끝이 없는 법이다.

어느 누구라고 해도 자파의 세력을 확장하면 그 지역의 상권을 손아귀에 넣고 싶은 것이 인지상정이다.

원래 가난한 사람들은 욕심이 없다. 하루 세 끼 끼니 거르지 않으면 그것으로 만족하고 행복이라고 여긴다.

가진 것이 많은데도 더 많이 갖기를 원하는 것은 언제나 가진 자들 즉, 부자들이다.

가난한 사람들이 각전 몇 냥 더 벌려고 아등바등하는 것은 생존 때문이다.

그러나 부자들이 은자 몇만 냥 몇백만 냥을 더 가지려고 하는 것은 순전히 탐욕 때문인 것이다.

그 돈을 어디에 꼭 쓰기 위해서가 아니다. 한 푼도 쓰지 않고 버는 대로 창고에 차곡차곡 쌓이는 것만 봐도 흡족하고 행복하기 때문이다.

그들의 그런 탐욕 때문에 가난한 사람들은 더욱 궁핍하고 굶주리게 되는 것이다.

세상, 특히 무림의 방파와 문파들이 돈이라면 환장을 하고 덤벼들기 때문에 돈에 욕심이 없다는 사람을 이상하게 보는 것이 현실이다.

당재원은 진검룡에게 직설적으로 물었다.

"조양문과 적도방을 합쳐서 남창 상권의 육 할을, 강서성 상권의 삼 할을 장악하고 있는데 영웅문에서는 그걸 갖고 싶지 않다는 것이오?"

진검룡은 느긋하게 대답했다.

"하루에 세끼 밥만 먹으면 되오."

"밥도 밥 나름이오. 한 끼에 각전 한 푼짜리 밥이 있는가 하면 한 끼에 은자 열 냥짜리도 있소."

진검룡은 담담하게 미소 지었다.

"배부르면 다 똑같소."

당재원은 탁자에 차려져 있는 한 그릇에 은자 몇 냥짜리와 비싼 파호주 술병들을 가리켰다.

"그럼 이것들은 무엇이오?"

부옥령이 태연하게 말했다.

"주군과 소저께선 이런 요리를 좋아하지 않아요."

적인결이 생각난 듯이 말했다.

"아! 그러고 보니까 두 분께선 요리는 드시지 않고 술만 마시지 않으셨습니까?"

진검룡이 품속에서 뭔가 부스럭거리면서 꺼내는데 평범한 술병이다.

"사실 우린 이 술을 좋아하오."

뻑!

진검룡은 병마개를 뽑고 당재원에게 내밀었다.

"한잔하겠소?"

병마개를 뽑은 술병에서 매우 강렬한 술 향기가 강하게 풍겨 나왔다.

너무 강한 주향 때문에 당재원은 미간을 찡그렸다. 설마 진 검룡이 품속에 그런 술병을 지니고 다닐 줄 몰랐다.

"무슨 술입니까?"

"초강주라는 것이오. 쌀겨와 옥수수, 쌀을 섞어서 만들었다고 알고 있소."

"쌀겨를……."

술의 재료로 보통 쌀겨를 사용하지 않는다. 쌀겨는 사람은 물론이거니와 가축에게조차도 먹이지 않기 때문이다.

옥수수나 기장, 감자 등을 사용하기도 하지만 그렇게 하면 술맛이 떨어지고 독하기 때문에 순하고 풍미가 좋은 술을 만들기 위해서 주로 쌀을 많이 사용한다.

민수림이 얼른 빈 잔을 내밀었다.

"나부터 한 잔 주세요."

진검룡이 술을 따르는 것을 보면서 민수림은 살포시 미소를 지었다.

"파호주라는 술은 정말 싱겁고 맹탕인 데다 이상한 향기가 나요. 초강주를 마시고 싶어서 혼났는데 검룡이 갖고 왔다니 정말 다행이에요."

당재원은 술을 매우 좋아하지만 아직까지 초강주는 마셔본 적이 없다.

당재원이 초강주가 담긴 술잔을 입으로 가져가자 강렬한 주향이 코를 자극했다.

'윽……!'

그가 놀라는 표정으로 쳐다보자 민수림은 초강주 한 잔을 단숨에 마시고는 맛있다는 듯 입맛을 다시고 있으며, 진검룡은 미소를 지으면서 자신의 빈 잔에 초강주를 따르고 있다.

그걸 보면서 적인결이 미소 지으면서 말했다.

"우린 항주에서 두어 차례 연회에 참석했었는데 주군과 주모께선 늘 초강주만 마시셨소."

적인결은 겸연쩍은 표정을 지었다.

"나도 한번 초강주에 도전해 봤는데 너무 독해서 포기하고 말았소."

"그 정도요?"

"당 형도 한번 마셔보시오."

당재원은 거리낌 없이 술을 입속에 털어 넣었다.

"커억! 콜록! 콜록!"

술을 꿀꺽 호기롭게 삼키고 나더니 허리를 구부리고 심하게 기침을 해댔다.

"이… 이걸 어찌 사람이 마신다는 것이오?"

그는 얼굴을 잔뜩 찌푸린 채 손사래를 마구 쳤다.

적인결이 빙그레 웃으면서 탁자의 요리와 술을 가리켰다.

"사실 여기에 있는 비싼 요리와 술들은 순전히 당 형을 위해서 주문한 것들이오. 그것 보시오. 당 형은 초강주를 못 마시잖소."

"이거야……."

이제 와서 생각해 보니까 적인결 말마따나 진검룡과 민수림, 부옥령은 탁자의 요리를 일절 먹지 않았다.

그 사실을 당재원은 기억해 냈다.

그렇다면 적인결의 말이 맞다. 여기 탁자에 있는 요리와 술은 당재원을 위해서 주문한 것이다.

그제야 당재원은 진검룡의 말을 이해하고 또 믿을 수 있을 것 같았다.

그런 당재원의 내심을 간파한 적인결이 짐짓 진지한 표정으로 말했다.

"당 형, 지금 주군께 수하로서의 예를 취하겠소? 아니면 주군께서 양변과 검황고수들을 죽이고 적도방을 평정한 후에 예를 취하고 싶소?"

"아……."

당재원은 화들짝 놀랐다가 급히 그 자리에 무릎을 꿇고 진검룡과 민수림을 향해 부복했다.

그는 이마를 바닥에 붙이고 정중하게 말했다.

"속하 당재원이 주군을 뵈옵니다."

"일어나게."

스으으……

진검룡의 잔잔한 목소리에 이어서 부복해 있는 당재원의

몸이 저절로 일으켜졌다.

당재원은 움찔 놀라서 진검룡을 쳐다보다가 크게 감탄하고 말았다.

진검룡은 단지 술잔을 쥔 손을 당재원을 향해 내밀고 있을 뿐이다.

그런 아무렇지도 않은 동작을 취하면서 무형지기를 뿜어내 당재원을 일으킨 것이다.

*   *   *

횡항마을 끝에서 적도방으로 오르는 언덕 아래 가장자리 숲속에 진검룡 일행이 모여 있다.

진검룡이 적인결과 관연홍에게 고개를 가볍게 끄떡여 보이면서 지시했다.

"자네들은 저놈을 데리고 조양문으로 돌아가게."

그가 가리키는 사람은 아까 주루 안에서 제압한 적도방 심진탁인데 나무 아래에 짐짝처럼 구겨진 채 앉혀져 있다.

적인결은 진검룡 등의 실력을 익히 알고 있으므로 그들 세 명만 적도방에 간다고 해서 조금도 염려하지 않았다.

"달리 분부하실 일은 없으십니까?"

"지금이 술시(戌時:밤 8시경)쯤이니까 자정 전에는 돌아갈 테니 술상을 준비해 두게."

적인결은 움찔 놀랐다가 빙그레 웃었다.

"분부 받들겠습니다."

숲에서 나온 진검룡은 언덕 위를 향해 성큼성큼 걸어가고 좌우에서 민수림과 부옥령이 나란히 같이 걸었다.

진검룡 등을 바라보면서 관연홍이 의아한 얼굴로 속삭이면서 물었다.

"총관님, 자정까지는 두 시진밖에 남지 않았는데 저 세 분은 두 시진 동안 무엇을 하시려는 겁니까?"

적인결은 빙그레 미소 지었다.

"주군들께선 적도방을 접수하러 가시는 것이다."

"……."

관연홍은 너무 놀란 나머지 아무 말도 하지 못하고 두꺼비처럼 눈만 껌뻑거렸다.

*   *   *

적도방으로 오르는 길에는 늦은 하반(퇴근)을 하는 적도방 사람들이 띄엄띄엄 내려오고 있다.

진검룡은 아까 언덕을 오르기 시작할 때부터 민수림의 손을 잡고 있다.

그가 손을 잡는데도 민수림은 가만히 내버려 두었다.

그것이 두 사람 사이의 진전이라면 진전이라고 할 수 있다.

진검룡이 민수림에게 입을 맞춘다거나 욕심을 채우는 행동은 아직 언감생심 꿈도 못 꾸지만 고맙게도 손을 잡는 것 정도는 허락했다.

그런데 진검룡 왼쪽에서 나란히 걷고 있는 부옥령이 슬며시 그의 손을 잡았다.

진검룡이 손을 빼려고 하자 부옥령은 고집스럽게 그의 손을 꼭 잡았다.

지금 그가 부옥령의 손을 뿌리치면서 꾸짖으면 민수림이 알아차릴 것이다.

그러면 부옥령은 십중팔구 민수림에게 혼찌검이 날 텐데 그걸 알면서 차마 부옥령을 뿌리칠 수가 없다.

적도방의 전문 옆 쪽문이 열려 있으며 아직도 하반하는 사람들이 그곳으로 띄엄띄엄 나오고 있다.

쪽문 밖에는 적도방 호문무사 두 명이 꼿꼿한 자세로 지키고 있으며, 그 옆에는 당재원이 서 있다가 언덕길을 올라오고 있는 진검룡 일행을 맞이했다.

"어서 오게. 늦었군그래."

당재원은 가까이 다가온 진검룡 일행에게 한 손을 들어 보이면서 반갑게 맞이했다.

조금 전에 주루에서 당재원이 먼저 적도방에 돌아갔다가 준비를 한 후에 진검룡 일행을 맞이하기로 했었다.

그 과정에 진검룡 일행은 당재원의 아랫사람 행세를 하는 것으로 말을 맞추었다.

적도방의 무련총교부이며 나이도 훨씬 많은 당재원이 새파랗게 젊은 진검룡 일행에게 굽실거리는 것은 누가 보더라도 이상할 테니까 말이다.

진검룡은 양쪽 두 여자의 손을 놓고 당재원에게 가볍게 허리를 굽히면서 공손하게 포권했다.

"늦어서 죄송합니다."

"따라오게."

당재원이 몸을 돌려서 쪽문 안으로 들어가자 호문무사 두 명이 넙죽 허리를 굽혔다.

진검룡과 민수림, 부옥령이 단독으로 적도방의 담을 넘어 일을 처리해도 되지만, 그렇게 하면 적도방주와 검황고수들이 어디에 있는지 일일이 찾아내야만 하기 때문에 번거롭고 시간도 오래 걸린다.

적도방 안으로 삼십여 장쯤 진입하자 당재원이 뒤를 돌아보며 공손히 전음으로 말했다.

[적도방주에게 먼저 가시겠습니까?]

[아냐. 검황고수들 먼저 처리하지.]

[알겠습니다. 따라오십시오.]

말이 끝나자마자 당재원이 경공술을 전개하여 앞서 빠른 속도로 쏘아갔다.

검황천문에서 적도방에 보낸 검황고수는 모두 삼십 명이며, 그중에 열 명을 조양문에서 죽였으므로 적도방에는 이십 명만 남은 상태다.

당재원은 전각들 사이로 구불구불 쏘아가다가 이윽고 어느 전각 앞에 도착했다.

그가 모퉁이의 벽에 등을 붙이고 멈추자 근처 인공숲에서 전음이 들려왔다.

[사부님, 검황고수 열두 명이 이 층 식당에서 술을 마시고 있습니다.]

인공숲에 숨어 있는 사람은 당재원이 검림관 때부터 가르친 제자이며 적도방에서 향주 지위에 있다.

당재원이 숲에 대고 물었다.

[다른 여덟 명은 어디에 있느냐?]

[연무장에 있습니다.]

[알았다.]

당재원이 자신의 옆에 서 있는 진검룡 등에게 방금 자신이 전음으로 들은 내용을 설명하려고 했다.

[주군, 검황고수 열두 명이…….]

[들었다.]

[…….]

당재원은 자신과 제자가 나눈 전음을 진검룡이 들었을 리가 없다고 생각했다.

전음을 가로채서 듣는 수법 같은 것이 존재한다는 사실조차 모르고 있기 때문이다.

[주군…….]

진검룡은 자신들이 기대고 서 있는 벽의 위쪽을 턱으로 가리키며 말했다.

[이 층에 검황고수 열두 명이 술 마시고 있다고?]

[…….]

긴가민가했는데 진검룡이 정말로 자신들의 전음을 들었다는 사실을 확인하자 당재원은 몸이 움찔 떨리면서 온몸의 털이 곤두섰다.

진검룡은 뒤쪽 전각을 턱으로 가리켰다.

[나머지 여덟 명이 있다는 연무장은 저긴가?]

[아… 네…….]

진검룡과 당재원의 전음을 들은 부옥령이 전음을 보냈다.

[여긴 제가 처리할 테니까 주군께선 소저와 연무장으로 가서 처리하세요. 저는 여길 처리하고 나서 합류하겠어요.]

부옥령의 전음은 당재원까지 들을 수 있어서 그는 다시 한번 혼비백산 놀랐다.

자신과 제자의 전음을 진검룡 혼자가 아니라 부옥령, 아니, 어쩌면 민수림까지 들었을지도 모르기 때문이다.

진검룡은 당재원의 어깨를 잡고 전각 뒤쪽으로 유성이 흐르듯이 유유히 흘러가면서 물었다.

[연무장이 어딘가?]

[저… 깁니다.]

당재원은 진검룡에게 어깨를 잡힌 채 상체가 약간 눕혀진 자세로 날아가면서 뒤를 돌아보았다.

부옥령이 수직으로 찰나지간에 이 층을 향해 솟구치는가 싶었는데 어느새 창을 열고 안으로 스며들어 그녀의 모습이 감쪽같이 사라졌다.

스으으…….

진검룡은 두 발이 지상에서 한 자쯤 뜬 채 뒤쪽 전각으로 쏘아가다가 잡고 있는 당재원의 어깨를 놓으며 한쪽 숲으로 가볍게 밀어냈다.

슥…….

[거기에 숨어 있게.]

"……."

진검룡의 미는 힘은 약한 듯하면서도 강했다. 당재원은 떠밀려가다가 오른쪽 담을 끼고 길게 이어져 있는 인공숲 속으로 빨려 들듯이 들어가서야 한 그루 나무와 충돌하기 직전에 멈추었다.

그는 균형을 잡자마자 급히 뒤쪽 전각 쪽을 쳐다보았지만 진검룡과 민수림의 모습은 보이지 않았다.

그는 연무장이 있는 전각을 물끄러미 응시했다.

진검룡과 민수림, 부옥령이 검황고수 이십 명과 적도방주를 비롯한 최측근들을 처치하고 나면 적도방은 절반 이상 와해 됐다고 봐야 한다.

당재원으로서는 눈곱만큼도 기대하지 않았던 운명이 느닷 없이 앞을 가로막았다.

이런 식으로 불쑥 닥쳐온 운명이라는 것들은 거의가 불행 이었지만 이번 운명은 다를 것이라는 확신이 있다.

오물투성이 구렁텅이에 빠져 있는 당재원을 건져낼 것이라 는 기대가 너무나도 분명히 눈에 보여서 오히려 의심이 들 정 도의 운명이다.

*   *   *

부옥령은 전각 이 층에 있는 휴게실 안으로 추호의 기척도 없이 스며들었다.

넓은 휴게실 어느 탁자에 십삼 명이 둘러앉아 있으며 그들 중에 누군가 말을 하고 있다.

탁자 몇 개를 붙여놓고 똑같은 복장의 검황고수 십이 명이 둘러앉아 있으며, 그들과 복장이 다른 한 명의 백의 청년이 담담한 얼굴로 말을 하고 있다.

"내가 본문으로 돌아가서 반년 후에 시험을 볼 테니 너희들 도 거기에 응시하도록 해라."

십이 명의 검황고수들은 얼굴이 크게 상기되어 엉덩이가 들

썩거렸다.

"태공자(太公子)님, 그 시험은 어느 누구라도 응시할 수 있는 겁니까?"

"응시하여 합격하면 어떻게 되는 것입니까?"

태공자라고 불린 준수한 용모의 백의 청년은 빙그레 미소 지으면서 설명했다.

"본문 사람이라면 누구라도 응시할 수 있다. 그리고 합격하면 내 직속 휘하가 된다."

태공자는 의젓한 모습으로 말을 이었다.

"지니고 있는 무공보다는 최고의 자질을 지닌 사람을 선발할 것이다."

그때 저만치 문을 열고 부옥령이 걸어 들어오고 있다.

태공자는 정면의 부옥령에게는 시선조차 주지 않고 조용히 말을 이었다.

"현재로선 백 명만 선발할 생각이다. 나는 그들을 검천일류로 키울 계획이다."

"아……."

"검천일류……."

십이 명의 검황고수들은 하나같이 다양한 표정을 지었다. 기대와 홍분과 초조함이 담긴 표정이다.

이들은 현재 검천육류에서 칠류까지 망라되어 있다. 그런데 태공자에게 선발되면 무려 다섯에서 여섯 단계를 뛰어올라 검천일류가 된다는 것이다.

검황천문에 소속된 전체 고수들을 검천십이류로 분류하는데, 그 가운데 최고등급인 검천일류는 통틀어서 정확하게 열네 명뿐이다.

태공자 뒤쪽 삼 장 거리에 삼십 대 초반의 한 쌍의 남녀가서 있는데 그들이 다가오고 있는 부옥령을 향해 마주 걸어가며 전음을 보냈다.

[누구냐?]

태공자가 말하고 있기 때문에 소란을 피우지 않으려고 전음을 사용하는 것이다.

검황고수들이 의아한 표정으로 돌아보았다.

한 쌍의 남녀는 부옥령에게 다가가며 이번에는 육성으로조용히 말했다.

"누구냐고 물었다."

부옥령은 걸음을 멈추지도 않은 채 오른손을 뻗으며 그대로 공격했다.

슛…….

같은 순간 일남일녀도 동시에 어깨의 검을 뽑으면서 부옥령을 덮쳐가며 발검했다.

촤아악!

선공은 부옥령이 먼저 전개했으나 반격은 일남일녀가 조금더 빨랐다.

부옥령의 아미파 최고절학인 금정신산수의 절초식 금신강권이 흐릿한 자색 기운을 흩뿌리며 뿜어졌다.

츠으읏!

태공자는 금신강권이 뿜어지면서 발출한 기이한 음향에 가볍게 흠칫하는 표정을 지었다.

초절고수의 반열에 올라선 태공자는 상대가 초식을 전개하면서 발출하는 음향만으로도 그것이 무엇이며 어느 정도 위력을 지니고 있는지 간파할 수 있다.

그런데 방금 그가 들은 음향은 자신과 비슷한 수준의 초절고수가 발출한 것이 분명했다.

"멈춰라!"

그는 짧게 외치면서 번쩍, 허공으로 쏘아 올랐다.

태공자의 측근호위인 일남일녀는 태공자의 멈추라는 외침을 들었으나 멈추기에는 이미 늦었다.

아니, 멈출 수 있다고 해도 그렇게 할 수가 없다. 만약 반격을 멈춘다면 부옥령의 공격을 고스란히 맨몸으로 마주쳐야 하기 때문이다.

태공자는 곧장 부옥령을 향해 빛처럼 쏘아가고 있지만 상황이 끝난 직후에 도달할 것 같았다. 그로서는 지금 당장 할수 있는 일이 없다.

일남일녀는 부옥령을 향해서 마주쳐 부딪쳐 가다가 양쪽으로 갈라지면서 자신들이 터득한 최고의 검법을 전력을 다해서 발출했다.

쿠아앗!

일남일녀와 부옥령의 거리는 이 장, 남자는 지상에서, 여자는 허공으로 비스듬히 솟구치면서 각기 부옥령의 하체와 상체에 찰나지간 세 줄기씩의 검기를 뿜어냈다.

부옥령은 이미 일남일녀를 안중에 두고 있지 않았다. 그녀는 태공자가 자신을 향해 비스듬히 쏘아오는 것을 보면서 그를 상대할 태세를 갖추었다.

부옥령이 발출한 은은한 자색의 금신강권이 마치 눈이 달린 것처럼 일남일녀를 향해 좌우와 상하로 빛처럼 갈라졌다.

츠으읏!

일남일녀가 뿜어낸 도합 여섯 줄기의 검기는 각기 부옥령의 상체와 하체 세 군데를 찌르거나 베어가고 있다.

공격하는 범위가 흡사 그물망 같아서 지금처럼 가까운 거리에서는 절대로 피하지 못할 것이다. 물론 그것은 보통의 일류고수를 상대했을 때의 경우다.

그와 때를 같이해서 흐릿한 자색의 반투명한 기운이 일남일녀를 향해 쏘아오고 있다.

키우웅!

반투명하다는 것은 강기를 말함이다. 검기보다 서너 배 더 강하고 빠른 것이 강기이므로 일남일녀가 자색 기운 금신강권을 당해낼 리가 만무하다.

일남일녀는 크게 놀라서 안색이 사색으로 변했으나 피하려고 하지 않았다.

피하기에는 이미 늦었다는 사실을 직감했으므로 피하기보다는 오히려 공격에 가일층 공력을 쏟아부었다.

'할 수 있다!'

일남일녀는 자신들이 젖 먹던 힘까지 전력으로 주입하면 부옥령의 공격이 자신들에게 도달하기 전에 먼저 그녀를 죽일 수 있을지도 모른다는 일말의 희망을 품었다.

퍽! 퍽!

"끅!"

"흑!"

그러나 일남일녀가 일말의 희망을 품는 순간 얼굴 한복판에 자색의 강기가 적중하여 관통된 뒤통수로 피의 기둥과 자색 강기가 뿜어져 나갔다.

第百一章

태공자(太公子)

　부옥령은 열두 명의 검황고수들을 놔두고 자신을 향해 쏘아오고 있는 태공자를 향해 마주 쏘아갔다.

　그녀가 보기에 이십 대 중반의 나이인 준수한 용모의 태공자는 지난번에 만나서 한번 싸워본 적이 있는 검황천문 태문주의 정실부인 연보진과 비슷한 수준인 것 같았다.

　아니, 연보진과 비슷한 수준이든 아니든 상관이 없다.

　한 가지 분명한 것은 반로환동의 경지에 이른 부옥령보다는 무조건 하수일 것이라는 사실이다.

　설사 검황천문 태문주라고 해도 부옥령보다 고강하지는 않을 터이다.

태문주가 아무리 고강해도 부옥령과 비슷하거나 어쩌면 그 녀보다 하수일 것이라는 게 부옥령의 짐작이다.

우내십절도 그녀보다는 하수라고 자신하고 있다. 그 정도 로 부옥령은 어마어마하게 고강한 것이다. 그런데 하물며 태 공자가 부옥령의 상대가 되겠는가.

오 장 거리까지 쇄도하고 있는 태공자는 부옥령이 단 일장 만으로 자신의 측근호위 두 명을 즉사시키는 것을 보고도 그 리 놀라지 않았다.

처음에 부옥령이 강기를 발출하는 음향을 들었을 때 측근 호위 두 명쯤을 일초식에 죽일 수 있는 초절고수라는 사실을 간파했기 때문이다.

태공자는 부옥령이 매우 고강할 것이라고 예상했지만 자신 보다 상수일 것이라고는 생각하지 않았다.

태공자 역시 자신의 무위에 대해서 자신만만하기 때문이 다.

부옥령과 태공자는 서로를 향해 쏘아가면서 거의 동시에 일장을 발출했다.

츠으웃!

휴우웅!

"……!"

두 줄기 각기 다른 종류의 강기가 발출되는 순간 두 사람 은 어떤 사실을 직감했다.

단지 강기의 발출음만 들었을 뿐이지만 부옥령은 자신의 강기가 상대보다 더 강력하다는 것을 간파했다.

그리고 태공자는 자신의 강기가 상대보다 약하다는 사실을 직감했다.

그러나 지금은 두 개의 강기가 부딪치기 직전인 상황이라서 초식을 바꾸지 못한다.

초식을 바꾸려는 시도를 하는 순간 상대 강기에 적중당하고 말 테니까 말이다.

지금 태공자는 피해를 최소화하기 위해서 호신강기를 일으켜야 하는데 그러는 것도 큰 피해가 따른다.

호신강기를 일으키려면 지니고 있는 공력의 절반 정도를 사용해야만 한다.

그 말은 호신강기를 일으키기 위해서 부옥령을 공격하고 있는 강기에서 공력을 빼내야 한다는 뜻이다.

그래서 태공자는 순간적으로 갈등했다. 강기에서 공력을 빼내면 격돌하게 될 때 빼내지 않았을 때보다 두 배 이상의 충격을 받게 될 것이 분명하다.

그러나 호신강기를 일으키지 않으면 내상을 입게 될 테고, 지금은 싸우고 있는 중이므로 그것은 결정적인 약점으로 작용을 할 것이다.

태공자로서는 지금까지 살아오는 동안 이런 상황에 처음 처해보는 것이다.

그 말은 자신과 비슷한 수준의 초절고수하고 실전을 겨루어본 적이 한 번도 없었다는 뜻이다.

'빌어먹을……!'

어쩔 수가 없다. 갈등하고 있는 사이에 부옥령이 발출한 자색 강기가 목전에 도달하고 있는 중이다. 이제는 운명에 맡기는 수밖에는 어쩔 도리가 없다.

꽈꽝!

"허윽!"

둔중한 폭음과 동시에 태공자는 오른팔이 부러지는 것 같고 오른쪽 어깨와 가슴에 천 근 무게의 바위가 충돌한 것 같은 거센 충격을 받았다.

태공자는 뒤로 쏜살같이 퉁겨져 날아갔다가 조금 전에 자신이 앉아 있던 탁자에 떨어졌다.

우지끈!

"왁!"

"우왓!"

"와앗! 태공자님!"

주위에 있던 검황고수들이 소 건너는 웅덩이에 파리 떼가 흩어지듯이 한꺼번에 사방으로 흩어졌다.

탁자와 의자들이 박살 나고 요리 그릇과 술병이 바닥에 떨어져 박살 나는 바람에 태공자는 바닥에 떨어져서 데굴데굴 구르며 삼 장이나 밀려갔다.

태공자는 격돌한 직후 뒤로 밀려가는 것을 허공과 바닥에서도 멈추려고 했으나 워낙 강력한 반탄력이라서 어쩔 도리가 없다.

부옥령의 강기는 그 정도로 막강한 것이었다.

쿵!

뒷머리가 벽에 둔탁하게 부딪치고서야 밀려가던 그의 몸이 겨우 멈추었다.

그는 반탄력에 의해서 밀려가면서 그냥 넋을 놓고 가만히 있었던 것은 아니다.

거의 본능적으로 공력을 극한으로 끌어올려서 필생의 일격을 가할 준비를 갖추었다.

울컥!

"욱⋯⋯!"

그는 검붉은 핏덩이를 토해냈다. 심하지는 않지만 내상을 입은 것이다.

다음 순간 태공자는 벌떡 일어나서 두 발로 힘 있게 바닥을 박차고 화살처럼 튀어 나갔다.

파앗!

그가 예상했던 대로 허공에서 쏘아오는 부옥령이 독수리가 지상의 병아리를 낚아채려는 것처럼 내리꽂히며 오른손으로 일장을 발출하고 있는 것이 보였다.

태공자는 입가에서 한 줄기 핏물을 흘리면서 차가운 미소를 머금었다.

'후훗… 금혈신강을 사용하게 될 줄은 몰랐군.'

부옥령은 비스듬히 아래로 하강하면서 금정신산수의 절초식 금신강권을 첫 번째보다 조금 더 강하게 발출했다.

츠으응!

그 음향을 듣고 태공자는 부옥령이 첫 번째보다 더 강한 강기를 발출했음을 간파했다.

그러나 추호도 겁먹지 않았다. 태공자는 원래 두려움 같은 것을 모르는 성격이며 지금 같은 상황이라고 해도 그런 것은 변함이 없다.

그는 부옥령을 정면으로 부딪쳐 가면서 두 손을 내밀어 손목 안쪽을 붙이고 일장을 뿜어냈다.

키우웅!

태공자의 오른손에서 금광이, 왼손에서 핏빛 혈광이 번쩍! 하고 뿜어졌다.

그걸 본 순간 부옥령은 흠칫했다.

'금혈마강!'

얼마 전에 연보진이 전개해서 청랑을 저승 문턱까지 끌고 갔었던 금혈신강을 부옥령도 본 적이 있다.

너무 지독한 불패신공이라서 무림에서는 금혈마강이라고도 부르고 있다.

부옥령은 무불통지일 정도로 천하의 상식과 무공에 대해서 모르는 게 없지만 금혈신강을 막는 방법에 대해서는 아무것도 모르고 있다.

어쩌면 금혈신강을 막거나 파훼하는 방법이라는 것이 애초부터 없는지도 모른다.

부옥령의 뇌리에 청랑이 금혈신강에 맞아서 몸의 세 군데에 구멍이 뚫리고 또 그 구멍들에서 피가 멈추지 않고 뿜어져 나왔던 기억이 생생하게 떠올랐다.

그러나 부옥령은 곧 무시했다. 금혈신강은 청랑 같은 보통 사람한테나 통하는 것이지 반로환동의 경지에 오른 자신에게는 먹히지 않을 것이라고 생각했다.

그녀가 그렇게 생각하는 것이 당연하다. 무림에서 사용되는 거의 모든 무공들이 그녀에게는 통하지 않기 때문이다.

말하자면 그녀는 신계(神界)에 한 발을 들여놓은 몇 안 되는 인간인 것이다.

그래서 그녀는 자신이 마음만 먹으면 금혈신강을 충분히 피할 수 있는데도 정면으로 마주쳐 갔다.

이 기회에 아예 금혈신강을 짓뭉개고 뿌리를 뽑아서 두 번다시 그런 악독한 마공이 무림에 발을 붙이지 못하게 만들겠다고 생각이 들었다.

부옥령은 금신강권에 이 할의 공력을 더 주입했다. 그녀의 이 할 공력이면 구파일방 장문인을 손가락 하나로 짓뭉갤 수 있을 정도의 위력이다.

그러므로 이 정도 위력이면 태공자는 육신이 짓이겨져서 인간의 모습을 찾을 수 없게 될 것이다.

부옥령은 잔인한 성격이 아니지만 상대가 금혈신강을 발출하는 것을 보고 발끈 화가 났다.

더욱 흐릿해진 자색의 투명한 금신강권과 금광, 혈광이 절반씩 섞여서 회오리처럼 회전하는 금혈신강이 두 사람 중간에서 정통으로 무섭게 격돌했다.

쩌껑—!

쇠와 쇠가 부딪치는 거센 음향이 터졌다.

퍼억!

파파팟!

"커흑!"

"윽……."

같은 순간 가죽으로 만든 크고 작은 북을 두드리는 소리와 답답한 신음이 동시에 터졌다.

태공자는 사지를 활짝 벌린 채 팽이처럼 팽그르르 돌면서 허공으로 날아갔다.

반면에 부옥령은 허공중에 멈춰 있다가 느릿하게 바닥으로 하강했다.

스으…….

바닥에 내려선 그녀는 굳은 표정으로 자신의 상체를 물끄러미 내려다보았다.

오른쪽 가슴과 오른쪽 옆구리 두 군데에서 피가 뭉클뭉클 솟구치고 있다.

금세 새빨간 피가 바닥을 홍건하게 적셨다.

느낌상으로 가슴과 옆구리는 관통되지 않았으나 한 치 세 푼 정도 파고들어 갈비뼈와 간, 장기를 다친 것 같다. 지혈이 되지 않아서 피가 계속 쏟아지고 있다.

조금 전까지 부옥령은 금혈신강을 화살이라고 생각했었 다. 그래서 화살 따윈 태풍으로 날려 버린다고 마음먹었는데 화살이 태풍을 뚫고 들어와서 그녀를 다치게 한 것이다.

지금에 와서 봤을 때 그녀는 금혈신강을 피했어야 했다. 충 분히 피할 능력이 있었으므로 일단 피했다가 태공자를 재차 공격했더라도 능히 제압하거나 죽일 수가 있었다.

그런데 순간적인 판단 착오였다.

만용이라고 해야 맞다. 확실한 방법이 있었는데도 그러 지 않고서도 너 따위는 충분히 죽일 수 있다고 판단했다. 금혈신강을 짓뭉개 놓겠다는 객기 같은 것이 작용을 한 것 이다.

태공자는 팽이처럼 빙글빙글 돌면서 날아가며 온 사방에 피를 뿌려댔다.

그는 코와 입, 눈, 귀, 그리고 가슴과 복부가 터져서 그곳으 로 피를 뿌리고 있다.

그렇게 피를 쏟다가는 반 각 안에 과다 출혈로 죽게 될 것이 분명하다.

인간의 몸을 갖고 도달할 수 있는 최고의 경지가 우화등선이고, 그 아래가 출신입화지경 즉, 화경, 그 한 단계 아래가 바로 반로환동이다.

태공자는 그런 반로환동의 경지인 부옥령에게 상처를, 그것도 가볍지 않은 상처를 입힌 것이다.

태공자가 무림칠금공 중에 하나인 금혈신강을 전개하지 않았으면 불가능한 일이다.

그런 것 하나만 보더라도 금혈신강은 실로 무서운 절학임이 분명하다.

만약 부옥령과 동등한 공력을 지닌 사람이 금혈신강을 펼쳤다면 그녀는 즉사하고 말았을 것이다.

부옥령이 쳐다보고 있는 중에 태공자는 맞은편 벽에 부딪쳤다가 바닥에 떨어졌으며 죽었는지 아니면 혼절했는지 꼼짝도 하지 않았다.

얼굴을 바닥에 묻은 채 엎어져 있는 그의 몸 주위에 피가 바다를 이루었다.

그때 열두 명의 검황고수들 중에 두 명이 태공자에게 달려갔다.

그중 열 명이 부옥령을 향해 어깨의 검을 뽑으면서 맹렬하게 덮쳐오고 있다.

쏴아아!

전혀 예상하지 않았던 상처를 두 군데나 입은 부옥령은 몹시 화가 났다.

다쳤다고는 하지만 공격해 오는 검황고수 열두 명쯤 죽이는 것쯤은 땅 짚고 헤엄치는 것보다 쉬운 일이다.

그녀는 덮쳐오는 검황고수 열 명을 향해 마주 걸어가면서 오른손을 들어 올렸다.

검지와 중지에서 무형지강을 뿜었다가 그것을 열 개로 갈라지게 하면 검황고수 열 명쯤은 간단하게 죽일 수 있다.

그런데 걸어가던 그녀는 문득 힘이 쑤욱 빠지면서 몸이 오른쪽으로 스르르 기울어지는 것을 느꼈다.

"뭐야……."

상체가 오른쪽으로 제법 많이 기울어지자 그제야 가슴과 어깨로 핏물이 홍수처럼 주르륵 흘러내렸다.

'설마…….'

금혈신강은 상대의 몸 세 군데에 상처를 입힌다고 그랬는데 부옥령은 오른쪽 가슴과 오른쪽 옆구리 두 군데뿐이라서 하나는 빗나갔다고 여겼었다.

그런데 빗나간 게 아니라 가슴 위쪽 어딘가에 마지막 한 군데를 적중당한 것이었다.

부옥령은 공격하려고 들어 올렸던 손으로 목 오른쪽을 만져보았다.

자신이 지금 검황고수들에게 공격당하고 있다는 사실을 잊은 듯 느릿한 동작이었다.

목이 뭉텅 찢어진 것과 거기에서 뜨거운 피가 콸콸 쏟아지듯이 흐르고 있는 것이 손에 고스란히 느껴졌다.

부옥령은 지난날 수천 번의 싸움과 전쟁을 치렀었고 여러 차례 부상을 당했었지만 오늘처럼 엄중한 상처를 입었던 적은 한 번도 없었다.

현재는 그때보다 두 배나 고강해졌는데도 예전에는 당한 적이 없었던 심각한 중상을 당하고 말았다.

그때 어이없게도 부옥령의 몸이 스르르 오른쪽으로 기울더니 힘없이 풀썩 쓰러졌다.

쿵!

그녀는 그때까지도 자신이 아무리 극심한 중상을 당하더라도 어느 정도 동작을 취할 수 있을 것이라는 평소의 생각을 견지하고 있었다.

그런데 어떻게 된 일인지 옆으로 쓰러진 상태에서 꼼짝도 할 수가 없는 것이다.

그리고 그런 사실이 도저히 이해가 되지 않아서 쓰러진 채 눈만 깜빡거릴 뿐이다.

열 명의 검황고수들은 이 장까지 쇄도하면서 공격을 퍼붓기 시작했다.

쐐애애액!

그대로 있다가는 부옥령의 몸뚱이가 갈가리 잘리고 난도질 당할 판국이다.

"으으… 어째서……."

부옥령은 옆으로 쓰러진 채 오른손으로 목을 잡고 왼손을 들어 올려서 공격하려고 했다.

그런데 공력이 모이지 않았다. 더구나 들어 올린 팔이 힘없이 아래로 툭 떨어졌다.

'아아… 이런…….'

목과 가슴, 옆구리에서 피를 샘물처럼 콸콸 쏟으면 온몸에 힘이 하나도 남아 있지 않게 된다는 사실을 부옥령은 난생처음으로 깨달았다.

물론 그런 사실을 상식적으로 알고는 있었지만 막상 자신이 그런 상황에 처하게 되니까 머릿속이 백지장처럼 하얘져서 아무 생각도 나지 않았다.

오른쪽 뺨을 바닥에 댄 채 쓰러져 있는 부옥령의 두 눈에 핏발이 곤두섰다.

검황고수들이 지척까지 쇄도하여 그녀에게 검을 그어대는 광경이 모닥불에서 피어오르는 불꽃 같다는 생각이 들었다. 내게 닥친 일이 아니라 남의 일 같았다.

쐐애애액!

열 자루 검들이 닥치기 전에 싸늘한 검풍이 부옥령의 온몸으로 북풍한설처럼 몰아쳤다.

그 마지막 순간에 환하게 웃는 진검룡의 해맑은 얼굴이 그녀의 망막에 가득 떠올랐다.

어째서 생의 마지막 순간에 진검룡 얼굴이 떠오르는 것인지 알 수 없는 일이다.

십 년 넘게 하늘처럼 모시고 진심으로 좋아했던 천상옥녀가 아니라 진검룡이라니 이해할 수 없다.

'검룡……'

진검룡의 얼굴을 마지막으로 떠올리면서 그녀는 자신이 죽는다고 생각했다.

슈퍼퍼퍼어억!

쐐애애액!

"크헉!"

"허윽!"

"컥!"

"으윽!"

부옥령은 반쯤 눈이 감겼고 정신이 혼미해지고 있는데 주위에서 어지러운 비명 소리가 와르르 터졌다.

쿠쿠쿵!

그 직후에 묵직한 것들이 바닥에 떨어지는 둔탁한 음향이 이어졌다.

그리고 귀에 익은 너무도 반가운 목소리가 바로 옆에서 꿈결처럼 들렸다.

"령아!"

'검룡······.'

부옥령이 사력을 다해서 눈을 크게 뜨자 눈앞에 걱정스러운 표정을 짓고 있는 진검룡의 얼굴이 크게 보였다.

"령아! 많이 아프니?"

그 순간 부옥령은 자신이 중상을 입었다는 사실을 잊고 왈칵 감격이 휘몰아쳐서 뜨거운 눈물이 흘렀다.

"검룡······."

"움직이지 마라. 내가 치료해 주마."

진검룡은 조심스럽게 부옥령을 똑바로 눕혔다.

부옥령은 비몽사몽 상태라서 지금이 아니면 자신의 진심을 진검룡에게 말하지 못한다는 생각이 들었다.

"검룡··· 사랑해요······."

진검룡은 그녀가 제정신이 아니라서 헛소리를 하는 것이라고 생각했다.

"검룡··· 진심이에요··· 사랑해요··· 알죠······?"

부옥령은 목의 상처에서 흘리는 피보다 더 많은 눈물을 두 눈에서 흘렸다.

진검룡은 예전에 부옥령이 자신을 제압하고는 강제로 입을 맞추고 제멋대로 혀를 농락했던 일을 기억해 냈다.

그 당시에 부옥령은 그렇게 해야지만 자신이 진검룡에게 심신으로 굴복하고 맹종을 할 수 있다고 말했었다.

왜냐하면 그녀의 절대신은 오로지 천상옥녀 한 사람뿐이었기 때문이다.

영락없이 꼭 죽을 것이라고만 생각했던 마지막 절망의 순간에 부옥령은 진검룡이 환하게 미소 짓는 모습을 꿈결처럼 떠올렸는데, 찰나의 순간이 지나고 나자 그가 거짓말처럼 눈앞에 나타나 준 것이었다.

그녀가 헛소리처럼 자꾸만 '검룡'이라고 또 '사랑한다'라고 중얼거렸지만 진검룡은 개의치 않고 오른쪽 목을 꼭 누르고 있는 그녀의 손을 조심스럽게 떼어냈다.

그녀의 목 오른쪽은 한 움큼이 뭉텅 뜯어져 나간 처참한 모습이었다.

진검룡은 즉시 손바닥으로 상처를 완전히 덮어 순정기를 주입시켰다.

"검룡… 사랑해요……."

부옥령은 길고 우아한 속눈썹을 파르르 떨면서 잠꼬대처럼 중얼거렸다.

부옥령은 '검룡, 사랑해요'라고 몇 번 더 중얼거리다가 조용해졌다. 혼절한 것이다.

열 호흡쯤 지난 후에 진검룡이 손을 떼자 부옥령의 목은 깨끗하게 치료가 됐다.

피가 범벅이지만 잘린 오른쪽 목이 깨끗하게 붙어서 흔적조차 남지 않았다.

진검룡은 부옥령의 나머지 두 군데 상처 오른쪽 가슴과 오른쪽 옆구리를 치료했다.

옷이 형편없이 찢어져서 맨살이 다 드러났다.

                 *   *   *

피를 많이 흘린 데다 충격이 컸는지 부옥령은 반 각이 지나서야 겨우 정신을 차리고 눈을 떴다.

"아……."

그녀는 바닥에 반듯한 자세로 누워 있으며 머리맡에 진검룡이 책상다리로 앉아서 굽어보고 있다.

"주인님……."

그녀는 상체를 일으켜 앉았다. 중상을 입었을 때에는 진검룡에게 겁도 없이 '검룡'이라고 부르더니 지금은 '주인님'이라고 부르고 있다. 정신이 맑아졌기 때문이다.

"제가 얼마나 다쳤었나요?"

"심했어."

진검룡의 시선이 상처가 제일 심했던 부옥령의 목에서 가슴으로 흘러내렸다가 고정되었다.

부옥령은 그의 시선을 따라 자신의 가슴을 굽어보다가 깜짝 놀라더니 주먹으로 그의 어깨를 가볍게 때렸다.

"뭘 보는 거예요?"

부옥령은 가슴과 옆구리의 부상 때문에 상의가 다 찢어져서 날아가 버려 상체 맨살이 거의 드러났다.

그녀는 아까 자신의 가슴에 구멍이 뚫려서 피가 쏟아졌던 것을 기억하고 있다.

그러므로 진검룡이 그녀의 가슴을 만지지 않고는 치료할 수 없었을 것이다.

하긴, 부옥령이 진검룡에게 나신을 보이고 또 만져진 것이 지금이 처음은 아니다.

일전에 뭣도 모르고 그에게 덤볐다가 만신창이로 중상을 입었을 때 그리고 그가 그녀의 임독양맥을 소통하고 벌모세수, 환골탈태를 해줄 때에는 지금보다 몇십 배 더 적나라한 상황이었다.

부옥령은 진검룡을 곱게 흘겼다.

"못됐어요."

"어……."

진검룡은 머쓱한 표정을 지었다.

음탕한 생각으로 부옥령의 가슴을 본 것이 아니라 그녀가 자신이 얼마나 다쳤느냐고 물으니까 무심코 목과 가슴을 쳐다봤던 것이다.

하지만 그렇게 무심코 본 그녀의 가슴이 지독히도 아름다웠다는 사실을 부인할 수는 없다.

그러나 그녀는 가슴을 가리려고 하지는 않았다. 가리려고 해야 가릴 옷이 없지만 진검룡 앞에서는 구태여 그래야 할 이유를 찾지 못했다.

부옥령은 자신과 진검룡이 그 정도로 가까운 사이가 되었다고 생각했다.

진검룡은 치료를 하려면 그럴 수밖에 없었다고 변명도 하지 않고 빙그레 미소만 지었다.

"하여튼……."

부옥령은 싫지 않은 듯 다시 한번 그를 곱게 흘기고는 어지러운 듯 머리를 그의 어깨에 기댔다.

"왜 그러느냐?"

"아… 어지러워요……."

"어디 보자."

"그게 아니에요. 당신한테 이러고 있으니까 가슴이 두근거리고 머릿속이 하얘져서 그래요."

진검룡은 어이없는 실소를 흘렸다.

"허어… 인석이."

그는 영감처럼 말했다. 부옥령을 막내 여동생처럼 여기고 있기 때문에 자연스럽게 그런 반응이 나오는 것이다.

진검룡은 생각 같아서는 부옥령에게 상의를 벗어주고 싶지만 그렇게 하면 자신이 맨몸이 되기에 그럴 수가 없다.

"그런데 누가 널 그렇게 한 거냐?"

"아!"

부옥령은 그제야 생각난 듯이 벌떡 일어나서 급히 주위를 두리번거렸다.

그녀는 아까 자신과 격돌한 직후에 태공자가 튕겨서 날아갔던 방향을 쳐다보았으나 그는 보이지 않았다. 뿐만 아니라 실내 어디에도 그는 없었다.

"이놈… 도망쳤구나……!"

부옥령은 이를 갈며 분하다는 듯 중얼거리고 나서 진검룡에게 물었다.

"주인님께서 오셨을 때 아무도 없었나요?"

진검룡은 고개를 가로저었다.

"네가 피투성이가 되어 쓰러져 있고 검황고수 십여 명이 널 공격하고 있는 걸 발견했으니 그놈들부터 죽여야지 주위를 둘러볼 경황이 어디에 있었겠느냐?"

"그랬군요."

"그 직후에는 죽어가고 있는 널 치료하느라 정신이 없었고 치료하고 나서 둘러보니까 내가 죽인 검황고수 시체 열 구 외에는 아무도 없었다."

"네."

"그런데 그자가 누구였느냐?"

"검황고수들이 그를 '태공자'라고 불렀어요."

부옥령은 그렇게 말하고는 두 손으로 가슴을 가리고 위를 쳐다보았다.

누가 접근하는 기척을 간파했는데 부옥령 같은 절세고수의 귀에도 거의 기척이 감지되지 않을 정도다. 그 정도의 고수라면 이 근처에서는 민수림뿐이다.

펄럭……

오 장쯤 떨어진 곳의 천장과 지붕이 뻥 뚫려 있는데 그곳으로 민수림이 옷자락을 펄럭이면서 선녀처럼 하강했다.

그 자태가 너무도 아름다워서 진검룡은 잠시 넋을 잃은 표정으로 그녀를 바라보았다.

그때 옆에 나란히 서 있는 부옥령이 곁눈으로 그를 보면서 새침한 표정으로 전음을 보냈다.

[왜 침을 흘리죠?]

[령아, 수림 너무 예쁘지 않으냐……?]

진검룡은 부옥령을 쳐다보지도 않은 채 민수림을 쳐다보느라 정신이 없다.

조금 전까지만 해도 부옥령의 가슴을 넋을 잃고 쳐다보던 그가 지금은 민수림의 자태에 혼이 나간 모습을 보이자 부옥령은 새침해졌다.

부옥령은 진검룡이 너무 얄미워서 손을 뒤로 하여 그의 엉덩이를 꼬집었다.

그렇지만 진검룡은 끄떡도 하지 않고 입을 벌린 채 민수림을 바라보느라 여념이 없다.

부옥령이 민수림을 바라보니 과연 여자가 봐도 한눈에 반

할 만큼 아름다웠다.

민수림은 허공에 떠서 진검룡과 부옥령 쪽으로 깃털처럼 훌훌 비스듬히 날아왔다.

그녀는 진검룡과 부옥령 앞에 내려서며 미소 지었다.

"연무장에 있던 검황고수 여덟 명과 적도방주를 비롯하여 측근 십여 명을 제압해 뒀어요. 여긴 어떻게 됐죠?"

아까 진검룡은 민수림하고 연무장에 있는 검황고수 여덟 명을 죽이고 나서 적도방주를 죽일 계획이었다.

그런데 연무장에 들어가는 도중 갑자기 뒤쪽 전각 이 층에서 굉음이 터져나왔다.

그와 함께 한 사람의 처절한 비명 소리와 다른 한 사람의 답답한 신음 소리가 터져 나오는 것을 들었다.

처절한 비명 소리는 태공자이고 답답한 신음 소리를 낸 사람은 부옥령이었다.

그래서 진검룡이 즉시 부옥령에게 쏘아가고 민수림은 원래 하려고 했던 일을 실행하러 갔었다.

진검룡은 부옥령을 턱으로 가리키며 설명했다.

"령아가 태공자라는 자와 싸우다가 부상을 당했습니다. 내가 령아를 치료하고 나니까 태공자는 사라졌더군요."

민수림은 주위를 둘러보면서 말했다.

"검황고수 두 명이 보이지 않는군요."

부옥령이 기억을 더듬으면서 대답했다.

"아까 태공자라는 놈이 저하고 격돌하면서 나가떨어지자 검황고수 두 명이 그놈에게 달려가는 것을 봤어요. 아마 그 두 놈이 태공자를 데리고 도망친 것 같아요."

부옥령은 자신의 잘못이라는 듯 두 손을 앞으로 모으고 옷자락을 만지작거렸다.

"주군께서 절 치료하시는 동안 도망쳤을 거예요. 그놈을 죽였어야 하는 건데……."

진검룡이 부옥령을 보면서 중얼거리듯이 말했다.

"네가 당한 수법이 금혈신강이더군."

부옥령은 착잡한 표정을 지었다.

"그래요. 놈을 과소평가했어요."

그녀는 자신의 실수를 뼈저리게 절감했다.

부옥령이 봤을 때 태공자는 그녀에 비해서 몇 단계 하수가 분명했다.

그래서 만약 그녀가 태공자의 금혈신강을 맞받아치지 않고 일단 재빨리 피했다가 반격을 했으면 태공자를 충분히 제압하거나 죽일 수 있었을 것이다.

그런데도 만용을 부리다가 보기 좋게 당하고 말았으니 창피하기도 하고 화가 치밀기도 했다.

민수림이 부옥령에게 염려하듯 물었다.

"괜찮아요?"

부옥령은 당황하고 황송해서 얼굴을 붉히며 고개를 숙

였다.

"괜찮아요, 소저."

민수림은 부옥령이 가슴을 거의 드러내다시피 한 모습을 보고 주위를 둘러보았다.

"내가 옷을 찾아볼게요."

"아니에요. 제가 찾아서 입겠어요."

부옥령은 서둘러 문을 향해 걸어갔다.

그때 그녀의 귀에 민수림이 진검룡에게 하는 염려스러운 목소리가 들려왔다.

"검룡, 엉덩이 안 아파요?"

"아… 괜찮습니다."

그 순간 부옥령은 펄펄 끓는 기름 솥 안에 빠진 것 같은 충격을 받았다.

보지 않을 것이라고 안심해서 진검룡 엉덩이를 꼬집었는데 민수림이 그걸 본 것이다.

그 짧은 순간에 부옥령은 여러 가지 사실들을 한꺼번에 와르르 깨달았다.

그것들 중에 가장 중요한 두 가지는, 진검룡이 민수림의 정인이라는 사실과 그렇기 때문에 부옥령이 절대로 진검룡을 넘봐선 안 된다는 사실이다.

그런데도 불구하고 부옥령은 현재 진검룡과 엄청나게 가까워진 상태다.

그것은 부옥령에게 과거의 하늘이었던 천상옥녀와 현재의 하늘인 진검룡을 동시에 능멸하는 일이다.

　문까지 걸어가는 동안 부옥령은 이제부터는 진검룡을 절대로 남자로 보지 않겠다고 맹세했다.

第百二章

신비인

진검룡은 적도방의 일을 당재원에게 맡기고 조양문으로 돌아가는 중이다.

현재 적도방에는 이십 명의 검황고수들과 방주를 비롯한 최측근 열두 명이 그들의 거처에서 감쪽같이 사라진 상황이다.

사실인즉 민수림이 제압한 그들 열두 명을 전각 밖에서 대기하고 있던 당재원의 제자들이 조양문으로 옮겼다.

현재 적도방에는 방주를 비롯한 총관과 당주들이 죄다 사라졌기 때문에 당재원이 충분히 통제할 수 있는 상황이다.

당재원은 몇 가지 일을 처리한 후 내일 아침에 진검룡 일행이 다시 오는 것을 기다리기만 하면 된다.

계획대로만 되면 별일이 없는 한 내일 적도방은 붕괴하고 새로운 청검문이 개파하게 될 것이다.

지금 진검룡은 민수림, 부옥령, 적인결과 함께 조양문으로 돌아가고 있는 길이다.,

진검룡 일행은 횡항에서 남창으로 뻗은 캄캄한 관도를 말이 달리는 속도 정도로 천천히 달렸다.

무림인들에게 이 속도는 전력을 다하는 것이지만 진검룡 등에겐 매우 느린 속도다.

급한 일이라면 조양문에 돌아가서 술을 마시는 것뿐이라서 별로 서둘지 않았다.

적인결은 적도방에 대해서 진검룡 일행에게 설명하고 또 안내를 하다 보니까 늦어져서 동행하게 되었다.

사실 진검룡과 민수림, 부옥령은 산천경개 유람하듯이 천천히 달리고 있지만 적인결은 젖 먹던 힘을 다해서 죽을 둥 살둥 달리고 있는 중이다.

처음에 횡항을 출발했을 때 적인결은 제법 잘 따라오는 것 같았으나 반 각이 지나지 않아서 숨이 턱에 차고 허파가 터질 것처럼 부풀어 올라 거칠게 헐떡거렸다.

그래서 적인결은 이대로 잠시만 더 달리면 혼절해 버릴 것만 같았는데 진검룡이 그를 돌아보고는 아예 경공술을 그만

두고 그때부터 천천히 걸어가기 시작했다.

적인결은 일류고수 정도 수준이라서 진검룡 등이 천천히 달리는 것조차도 따라가는 것이 벅찼다.

늦은 시각이라서 캄캄한 관도에는 행인이 아무도 없으며 여름의 후덥지근한 밤바람만 관도 양쪽의 나뭇잎들을 가벼이 흔들고 있다.

언제나 그렇듯이 진검룡 좌우에 민수림과 부옥령이 나란히 걸어가고 이 장쯤 뒤처져서 적인결이 따르고 있는데 아직도 거친 숨을 몰아쉬고 있다.

진검룡이 손을 뻗어 민수림의 손을 잡으려는데 뭔가 흐릿한 기척이 감지됐다.

그가 걸음을 멈추려고 하자 갑자기 부옥령이 그의 손을 자연스럽게 잡으면서 그냥 걸어가라는 듯 앞으로 이끌며 전음을 보냈다.

[전방 삼십여 장쯤 관도 양쪽에 이십여 명이 매복하고 있는데 우리가 표적이 아닌 것 같아요.]

매복자들은 일체의 기척을 감추는 것이 기본이다. 그러다가 지금처럼 누가 접근하면 호흡도 멈추는 것은 물론이고 고수들은 심장박동까지 정지시킨다.

그러면 아무리 진검룡이라고 해도 몇십 장 가까이 접근해야지만 감지할 수 있다.

부옥령의 말은 매복자들이 우리를 표적으로 삼지 않았으므로 구태여 끼어들지 말자는 뜻이다.

진검룡은 부옥령의 말에 전적으로 동의했다. 직면한 문제들만으로도 골치가 아픈데, 그가 세상 모든 일에 다 참견할 수는 없는 일이다.

지금은 조양문과 적도방 일을 잘 처리해서 남창무림을 정돈하는 것이 우선이다.

부옥령은 진검룡의 손을 한번 잡더니 놓을 생각을 하지 않고 계속 잡고 있었다.

진검룡이 슬쩍 보니까 민수림은 앞만 똑바로 응시하면서 긴 머리카락을 날리며 걸어가고 있다.

부옥령이 진검룡의 손을 잡았는지 어쨌는지 관심조차도 없는 듯한 모습이다.

진검룡은 부옥령의 손을 뿌리치는 대신 민수림의 손을 잡으면서 전음을 보냈다.

[수림, 무슨 생각 합니까?]

"……."

민수림은 그를 보면서 살짝 미소 지었다. 진검룡은 그 미소를 보고 눈이 멀어버릴 것 같았다.

도대체 민수림의 미모와 그녀의 일거수일투족은 어이하여 이토록 아름다운 것이며, 어째서 매일 봐도 질리지 않는 것인지 모르겠다.

[검룡을 생각했어요.]

[제 생각을… 말입니까?]

민수림은 예의 매혹적인 아름다운 미소를 지으면서 살짝 얼굴을 붉혔다.

[검룡과 같이 있으면 행복해요.]

"……"

진검룡은 누군가 자신의 몸을 빨래처럼 힘껏 비틀어서 쥐어짜는 것 같은 느낌을 받았다. 뼈가 다 녹아버리고 살이 다 타버리는 것처럼 기분이 좋았다.

민수림은 그 말만 하고 다시 정면을 응시한 채 규칙적인 보폭으로 걸었다.

진검룡이 쳐다보니까 민수림의 뺨이 막 익기 시작한 복숭아처럼 발그레하게 물들었다.

진검룡은 하늘을 둥둥 날아다니는 것처럼 기분이 좋아서 민수림의 손을 잡은 손에 힘을 주었다. 그러자 그녀도 손에 살짝 힘을 주었다.

그것은 마치 진검룡이 '수림, 사랑합니다'라고 하니까 그녀도 '나도 검룡을 사랑해요'라고 화답하는 것 같았다.

진검룡 일행은 관도 양쪽 숲속에 매복자들이 있는 곳을 지나고 있는 중이다.

그때 진검룡과 민수림, 부옥령은 관도의 전방 꽤 먼 곳에서 한 사람이 이쪽으로 경공술을 전개하여 달려오고 있는 파공음을 들었다.

부옥령이 전방을 응시하며 전음을 보냈다.

[한 명이 쫓기고 약 이십여 명이 추격하고 있는 것 같군요. 여기에 매복한 자들은 쫓기는 자를 잡으려고 미리 매복했던 모양이에요. 어떻게 할까요?]

진검룡은 대답하지 않고 그냥 묵묵히 걸어갔다. 한 명을 사십여 명이 공격하는 것이라면 그의 정의로운 성격상 묵과할 수가 없다.

민수림과 부옥령은 그의 그런 내심을 읽었다. 여기에 있는 두 여자가 아마 천하에서 진검룡을 가장 잘 알고 있는 사람이라고 할 수 있다.

뒤따르고 있는 적인결은 관도 양쪽의 매복도 모르고 관도 전방에서 누가 달려오고 있다는 사실도 모르는 채 호흡을 진정시키고 있을 뿐이다.

*　　　　*　　　　*

진검룡 일행이 하나의 검은 인영과 마주친 것은 그로부터 반 각 후다.

진검룡은 전방 까마득한 곳에서 빠른 속도로 달려오고 있는 검은 인영을 보면서 적인결에게 전음을 했다.

[적 총관, 이제부터 싸움이 벌어질 것 같으니까 가장자리로 피하게.]

"……!"

적인결은 깜짝 놀라서 급히 관도 좌우를 두리번거리다가 그제야 전방에서 누군가 달려오는 파공음을 감지하고 적잖이 놀라는 표정을 지었다.

"주군……."

[조용히 해라.]

적인결은 무슨 말을 하려다가 진검룡의 주의를 받고 즉시 입을 다물었다.

파라락!

적인결은 이번에는 뒤쪽에서 거세게 옷자락 펄럭이는 소리를 듣고 움찔 놀라며 쳐다보았다.

자신이 조금 전에 지나온 곳에서 검은 인영들이 이쪽으로 맹렬하게 달려오고 있지 않은가.

놀란 적인결이 재빨리 세어봤더니 이십이 명이다. 그는 그들이 자신들을 추격한 적도방 고수들일 것이라고 오해했다.

그런데 진검룡과 민수림, 부옥령은 관도 가장자리에서 천천히 가던 방향으로 걸어가면서 뒤에서 달려오는 검은 인영들을 돌아보지 않았다.

적인결은 어리둥절했다.

'뭐지……?'

그는 남창과 강서성에 대해서는 모르는 것이 없으며, 천하에 대해서는 웬만큼 알고 있는 사람보다 몇 배나 줄줄이 꿰고 있지만 머리를 사용하는 것은 그저 평범한 것보다 조금 나은 정도이다.

말하자면 똑똑하지는 않지만 기억력이 뛰어나서 많이 알고 있는 것이다.

그때 전방에서 또다시 옷자락 펄럭이는 음향이 들리자 적인걸은 움찔 놀랐다.

"엇?"

적인걸의 시야에 캄캄한 어둠 속 관도 앞쪽에서 하나의 검은 인영이 달려오고 있는 모습이 어슴푸레 보였다.

그런데 달려오고 있는 검은 인영은 전방의 관도를 가득 덮은 채 마주 달려오고 있는 이십여 명을 발견하고 그 자리에 우뚝 멈추었다.

멈춘 인물은 갈의 경장을 입은 사십 대 중반의 나이에 키가 크고 어깨가 넓은 장한이다.

그는 몸 여기저기에 가볍지 않은 상처를 입었으며 피를 흘리거나 피가 엉겨 붙은 모습인데 머리카락이 헝클어진 얼굴에는 추호도 아픈 기색이 떠오르지 않았다.

그는 자신을 향해 달려오고 있는 이십여 명을 쳐다보는데 희한하게도 얼굴 표정은 담담했다.

그는 관도 가장자리에 나란히 서서 자신을 쳐다보고 있는 진검룡 일행을 쳐다보았다.

그때 진검룡 일행이 가고 있는 방향에서 추격자들이 모습을 드러냈다.

그들은 이십여 명인데 득달같이 들이닥쳐서 관도 맞은편에 있는 이십여 명과 함께 갈의장한을 포위해 버렸다.

그런데 갈의장한은 진검룡과 민수림, 부옥령을 관찰하듯이 가만히 응시하고 있을 뿐 자신을 포위한 추격자들은 거들떠보지도 않았다.

추격자들은 갈의장한을 포위했으나 진검룡 일행이 있는 쪽은 비워놨다. 거기까지 포위할 만큼 관도의 폭이 넓지 않기 때문이다.

갈의장한과 추격자들은 진검룡 일행을 경계하듯이 묵묵히 쳐다보았다.

저들 네 사람이 대체 누군지, 과연 저들이 이 싸움에 가담할 것인지, 만약 그렇다면 누구 편을 들 것인지가 궁금하기 때문이다.

진검룡은 추격자들이 검황고수들일 것이라고 짐작했다. 그들이 야행복 차림이라서 복장이나 모습에서는 아무것도 알아낼 수 없지만, 그들이 풍기는 분위기는 검황고수의 그것이기 때문이다.

한밤중에 관도를 걷고 있는 네 사람, 관도에서 난데없는 일이 벌어지고 있는데도 눈 하나 까딱하지 않는 것은 아무나 할 수 있는 일이 아니다.

눈이 있는 사람이라면 진검룡과 민수림, 부옥령이 평범하지 않다는 것을 어렵지 않게 알아볼 것이다.

진검룡이 검황고수라고 확신한 무리들은 아무 말도 하지 않고 침묵을 지켰다.

그들은 침묵 속에서 갈의장한에 대한 포위망을 조금씩 좁히기 시작했다.

그들은 진검룡 등을 견제하면서 서서히 그리고 추호의 빈틈 없이 포위망을 좁혀들었다.

그때 갈의장한이 이쪽을 향해 부드러운 미소를 지으면서 갑자기 한쪽 눈을 찡긋했다.

이웃집 아저씨 같기도 하고, 짓궂은 오빠나 자상한 형 같은 그런 미소와 찡긋거림이었다.

이런 상황에 장난스럽게 눈을 찡긋거리다니, 아무도 예상하지 못한 일이다.

그러나 그의 미소에 민수림은 아무런 감정의 동요도 없었고, 진검룡은 그저 어이없는 느낌을, 그리고 부옥령은 매우 징그러운 기분을 맛보았다.

포위망이 좁혀지면서 추격자들은 진검룡 일행과 갈의장한 사이를 차단하기 시작했다.

그때 예상치 못한 일이 일어났다. 갈의장한이 진검룡에게 웃으면서 불쑥 전음을 보낸 것이다.

[날 도와주면 술 사겠네.]

진검룡은 전혀 놀라지도 않고 역시 전음으로 물었다.

[어떻게 도와주면 되오?]

마치 두 사람이 아까부터 계속해서 대화를 하고 있었던 것처럼 자연스러웠다.

[내가 도망갈 수 있도록 포위망을 뚫어주게.]

진검룡은 빙그레 미소 지었다.

[그건 도와주는 것이 아니라 살려주는 것 아니오?]

[그렇네. 날 살려주게.]

[이들은 검황고수들이오?]

[그렇네.]

진검룡의 짐작이 맞았다.

민수림과 부옥령은 두 사람의 전음을 다 듣고 있다.

[어느 쪽이오?]

진검룡 일행과 갈의장한 사이가 차단됐고 그 너머에서 조금도 급하지 않은 듯한 갈의장한 목소리가 들렸다.

[아무 쪽이나.]

차차차창!

추격자들이 일제히 도검을 뽑았다.

[우린 술을 많이 마시는 편이오.]

[얼마든지 사겠네.]

[알았소. 귀하는 준비하시오.]

갈의장한이 초면에 거침없이 하대를 하는데도 진검룡은 이상하리만치 전혀 기분이 나쁘지 않았다.

그리고 갈의장한이 살려달라고 애원하지도 않고 건방지게 거래를 하듯이 술 한잔 사겠다면서 요구했는데도 진검룡은 그를 살려줘야겠다고 마음먹었다.

어째서 그런 결정을 내린 것인지 이런저런 이유를 구구절절 댈 것도 없다.

그저 갈의장한의 모습이나 하는 행동이 마음에 들었다. 그뿐이다.

진검룡이 천천히 포위망을 향해 걸음을 내딛자 그의 양손을 잡고 있는 민수림, 부옥령도 그럴 줄 알았다는 듯 같이 걸어나갔다.

진검룡 등이 걷기 시작하자 이제 곧 한바탕 싸움이 벌어질 것이라고 예감한 적인결은 관도 가장자리의 한 그루 나무 뒤에 슬그머니 숨었다.

*   *   *

진검룡 등이 걸어가고 있는 쪽의 검황고수 몇 명은 뒤돌아보면서 잔뜩 경계하는 표정을 지었다.

세 사람이 느릿하게 걸어가고 있는 도중에 부옥령이 무형지기 잠력을 일으켰다.

다음 순간 세 사람 반 장 전면의 검황고수 대여섯 명이 어떤 거센 잠력에 밀려서 비틀거리며 물러났다.

"어엇!"

"우웃!"

졸지에 포위망에 세 사람이 들어갈 정도의 구멍이 뚫리고 진검룡 등은 그곳에 걸음을 멈추었다.

갈의장한을 비롯한 검황고수들 모두 동작을 멈춘 채 발밑에 뿌리가 내린 듯 진검룡 등을 쳐다보았다.

방금 일어난 일은 너무도 자연스러워서 마치 그쪽을 막고 있는 검황고수 대여섯 명이 진검룡 등에게 일부러 정중하게 길을 터준 것만 같았다.

검황고수 우두머리가 포위망을 터준 검황고수들에게 전음으로 뭐라고 말하는 순간 갈의장한이 재빨리 진검룡 쪽으로 쏜살같이 달려왔다.

검황고수 우두머리가 벼락같이 외쳤다.

"쫓아랏!"

쉬익!

진검룡과 민수림, 부옥령이 길을 터주자 갈의장한은 그 사이를 빠르게 빠져나가면서 전음을 했다.

[뒤를 부탁하네.]

진검룡은 벙긋 미소를 지었고, 민수림은 무표정했으며, 부옥령은 살짝 아미를 찌푸렸다.

갈의장한은 관도의 횡항 방향으로 쏘아가고, 검황고수들이 그 뒤를 우르르 추격했다.

"령아, 막아라."

"네."

부옥령은 나직하게 대답하자마자 허공으로 둥실 솟구치는가 싶더니 어느새 갈의장한을 추격하려는 검황고수들 선두 앞에 내리꽂혔다.

츙!

부옥령이 하강하면서 오른손을 뻗자 투명하게 빛나는 한 자루 무형검이 손에 잡혔다.

강기로 만들어냈는데 밤중이라서 빛이 나기 때문에 검의 윤곽이 흐리게 보이는 것이다.

부옥령은 똑바로 선 자세로 하강하면서 무형검을 손목만을 움직여서 이리저리 휘둘렀다.

스스으웅!

기묘한 음향이 흐르면서 투명한 빛살 여러 개가 번뜩이며 발출됐다.

검황고수들은 추격하는 데만 신경을 썼기에 머리 위에서의 공격을, 그것도 절대로 막거나 피하지 못할 절세검법을 전개할 것이라고는 예상하지 못했다.

츠파파아앗!

"컥!"

"끄윽!"

선두에서 달려가던 검황고수 여섯 명이 한꺼번에 목에서 피를 뿜으며 답답한 신음을 냈다.

　부옥령은 아직 땅에 내려서기도 전에 두 번째 무형검을 번쩍! 그어댔다.

　츠으읏!

　선두 바로 뒤에서 멈칫하던 검황고수 일곱 명이 역시 목에서 피를 뿌렸다.

　"어흑!"

　"끄억!"

　진검룡은 나무 뒤에 숨어 있는 적인결에게 물었다.

　"남창에서 술맛 좋은 주루가 어딘가?"

　"네? 아… 천향루(天香樓)입니다만…….'

　진검룡은 저 멀리 어둠 속으로 아스라이 사라지고 있는 갈의장한에게 천리전음을 보냈다.

　[내일 밤 남창 천향루에서 봅시다.]

　갈의장한은 진검룡의 천리전음을 들었는지 못 들었는지 어둠 속으로 사라져 버렸다.

　부옥령은 땅에 내려서며 세 번째로 무형검을 휘둘러서 또다시 검황고수 다섯 명을 거꾸러뜨렸다.

　느닷없이 벌어진 상황 때문에 검황고수들은 그 자리에 얼어붙어서 갈의장한을 추격하려고도 부옥령을 공격하려고도 하지 않았다.

상대가 웬만해야 싸워보기라도 할 텐데 부옥령의 무위가 너무나도 엄청나서 공격할 엄두가 나지 않았다.

원래 민수림은 손속이 잔인하지 않아서 특별한 경우 외에는 사람을 잘 죽이지 않는다.

그래서 그녀는 아까 적도방에서도 검황고수들과 적도방주를 비롯한 최측근들을 죽이지 않고 제압했던 것이다.

그러나 부옥령은 다르다. 천군성 좌호법의 신분인 그녀는 영원한 숙적인 검황천문의 고수들과의 싸움에서 그들에게 자비를 베풀 이유가 없었다.

더구나 그녀는 영웅문에서도 좌호법이라는 신분이므로 영웅문의 유일한, 그리고 최대의 적인 검황천문의 고수들을 그냥 놔둘 수가 없다.

살려둔다면 언젠가는 영웅문을 괴롭힐 것이기 때문이다. 일부러 찾아다니면서라도 잡아 죽여야 할 검황고수들이거늘 일껏 싸우게 됐는데 살려준다는 것은 말이 안 된다.

부옥령 앞쪽 지면에는 십팔 명의 검황고수들이 어지럽게 쓰러져 있으며 부상자는 한 명도 없이 모두 죽었다.

그것도 무형검에서 뿜어진 무형검강에 적중되어 즉사했다.

아무리 혹독한 무공연마와 훈련, 정신교육으로 무장된 최정예 검황고수라고 해도 지금 같은 상황에 부옥령에게 덤비는 것은 미친 짓이다.

부옥령은 하늘에서 하강하며 슬쩍슬쩍 두어 번 손을 휘둘렀을 뿐인데 검황고수 십팔 명이 거꾸러졌으며 단 한 명의 부상자도 없이 모두 즉사시켰다.

그렇다면 그것이 과연 무엇을 의미하는지 검황고수들은 잘 알고 있다.

상대가 누군지, 무슨 무공을 전개하는지, 갈의장한을 도와준 이유가 무엇인지 같은 것은 알 필요도 없다.

오로지 하나, 덤비면 덤비는 대로 무조건 죽을 것이라는 사실만이 중요할 뿐이다.

그걸 뻔히 예상하면서도 죽기 위해서 덤빌 정신 나간 검황고수는 아무도 없다.

그때 부옥령이 적막을 깨고 진검룡을 보면서 조용한 목소리로 말했다.

"주군, 이놈들 다 죽일까요?"

검황고수들은 움찔 몸을 떨더니 뻣뻣하게 굳은 모습으로 우두머리를 쳐다보았다.

검황고수들의 얼굴에는 우두머리가 철수하라는 명령을 내려주기를 간절하게 원하는 표정이 가득 떠올라 있었다.

검황고수들은 경장 차림이지만 우두머리는 단삼을 입었으며 삼십 대 후반의 나이다.

그는 죽음 따위를 두려워하는 사람이 아니지만 그렇다고 무모한 사람도 아니다.

"실례지만 귀하들은 누구시오?"

부옥령은 눈썹을 치켜떴다.

"그 한마디로 네놈들은 죽었다."

"그게 무슨……."

츠으응!

부옥령은 오른손에 무형검을 치켜들면서 두 발이 지면에서 한 뼘쯤 허공에 뜬 상태로 미끄러지듯이 검황고수 우두머리에게 다가갔다.

우두머리를 비롯하여 검황고수 전원의 얼굴이 사색이 되어 주춤거리면서 물러섰다.

검황고수들 중에서 자신들이 지금 어떻게 해야 살아남을 수 있을 것인지 알고 있는 사람은 아무도 없다.

다만 태산처럼 거대한 공포가 짓누르고 있을 뿐이다.

부옥령은 검황고수들에게 미끄러져 가면서 무형검을 쥔 오른손을 들어 올렸다.

조금 전에 검황고수들은 부옥령이 오른손을 한 차례 휘두르자 투명한 빛살이 번뜩거리더니 동료들이 와르르 쓰러지는 광경을 목격했었다.

검황고수 전체 사십삼 명 중에서 남은 인원은 이십오 명, 부옥령이 조금 전에 십팔 명을 죽이는 데 세 번 손을 썼으므로 이십오 명을 죽이는 데에는 네 번이나 다섯 번쯤 손을 쓰면 될 것이라고 검황고수들은 생각했다.

우두머리는 어금니를 악물었다. 어차피 죽을 거라면 필생의 공격이라도 해보고 죽어야겠다는 생각이 들었다.

막다른 궁지에 몰린 검황고수들 대부분이 우두머리하고 생각이 같았다.

무림의 평범한 고수나 무사들이 이런 상황에 처하게 되면 대부분 무릎을 꿇고 목숨을 구걸하겠지만 검황고수들은 뭐가 달라도 달랐다.

검황고수들은 자신들이 부옥령을 합공하는 것이 불을 보고 달려드는 불나방과 다르지 않다고 생각하면서도 멈추지 않았다. 기꺼이 불나방이 될 각오다.

우두커니 서 있다가 죽는 것처럼 수치스러운 것이 없다고 생각하기 때문이다.

부옥령의 입가에 차가운 조소가 매달렸다.

츠으웃!

부옥령이 은은하게 빛나는 무형검을 그어댈 때 민수림의 조용한 목소리가 들렸다.

"그만두세요."

부옥령은 즉시 멈추고 무형검을 쥔 오른손을 내렸다.

민수림은 부옥령을 공격하고 있는 검황고수들에게도 말했다.

"멈춰라."

그녀의 목소리는 작고 조용했지만 검황고수들은 사전에 연습한 것처럼 일제히 공격을 멈추었다.

민수림은 검황고수들에게 조용히 말했다.

"너희들은 그만 가라."

검황고수들은 부옥령과 민수림을 번갈아 보면서 복잡한 표정으로 머뭇거렸다.

"가지 않는 것은 죽고 싶다는 뜻이냐?"

민수림의 말이 끝나자마자 우두머리가 즉시 검황고수들에게 명령했다.

"가자!"

그의 명령이 떨어지자마자 검황고수들은 갈의장한이 사라진 반대 방향으로 달려갔다.

갈의장한이 간 방향으로 가는 것은 목숨을 내놓고 도박을 하는 것이나 다름없는 일이기 때문이다.

멀어지고 있는 검황고수들을 응시하고 있는 진검룡이 중얼거리듯이 말했다.

"시각이 얼마나 됐지?"

"해시(亥時:밤 10시경)쯤 됐어요."

부옥령의 말에 진검룡은 적인결을 손짓으로 불렀다.

"적 총관, 이리 오게."

적인결은 재빨리 달려와서 공손히 섰다.

"늦으면 술 마실 시간이 부족하니까 조금 서둘러야겠다."

"네……?"

적인결은 무슨 뜻인지 알지 못했다.

진검룡은 적인결의 한쪽 팔을 잡고 가볍게 지면을 박차며 밤하늘로 솟구쳤다,

"허엇?!"

적인결은 갑자기 몸이 깃털처럼 둥실 떠오르자 소스라치게 놀라서 비명을 질렀다.

민수림과 부옥령도 진검룡 좌우로 나란히 날아올랐다.

민수림은 진검룡을 조금 편하게 해주려는 뜻에서 그의 손을 잡고 이끌었다.

부옥령도 진검룡을 돕고 싶은데, 아니, 솔직히 그의 손을 잡고 싶은데 그가 적인결의 팔을 잡고 있어서 곤란했다.

부옥령은 뒤쪽에서 진검룡과 적인결 사이로 파고들었다.

[이자는 저에게 맡기세요.]

그녀는 한 손으로 적인결의 팔을 잡고 다른 손으로는 진검룡의 손을 잡았다.

그녀는 아까 진검룡이 천상옥녀의 연인이라는 사실을 새삼스럽게 깨닫고 자신이 그를 연모해서는 안 된다고 다짐했던 일을 까맣게 망각했다.

진검룡 등이 지상에서 까마득한 삼십여 장 높이 밤하늘로 솟구쳐 올라서 능공표를 전개하자 적인결은 심장이 목구멍 밖으로 튀어 나갈 것처럼 혼비백산했다.

'으으… 어… 어풍비행이라니……'

　　　　*　　　　*　　　　*

　"……!"

　민수림은 심한 갈증을 느끼면서 잠이 깼다.

　그녀는 침상에 옆으로 누워서 자고 있는데 누가 뒤에서 그녀를 꼭 안고 있는 것을 느꼈다.

　그녀는 자신을 안고 있는 사람이 진검룡이라는 사실을 오래 생각하지 않고서도 알 수 있었다.

　구태여 얼굴을 확인하지 않아도 그녀의 허리와 배를 안고 있는 굵고 강인한 팔과 커다란 손, 그리고 그녀의 가녀린 몸이 안겨 있는 포근한 품속의 주인이 진검룡이라는 사실을 알 수 있었다.

　어젯밤 조양문에 돌아온 그녀와 진검룡은 술을 진탕 마셔서 거의 인사불성이 됐었다.

　영웅문에 있을 때는 그러지 않았는데 외부에 나와 있을 때에는 술이 취했을 경우 두 사람은 종종 한 침상에서 같이 자곤 했었다.

　진검룡은 오른팔을 민수림에게 베개로 내주고 왼팔로 그녀를 안고 있었다.

　진검룡의 몸 앞면과 민수림의 몸 뒷면이 빈틈없이 밀착되어 있는 상태다.

　민수림은 일어나지 않고 가만히 있었다. 목이 마르지만 지금의 평온함을 깨고 싶지 않았다.

그녀는 문득 이대로 기억을 되찾지 못해도 괜찮지 않을까 하고 생각해 보았다.

지금의 처지에 대해서 가만히 생각해 보니까 그다지 나쁘지 않았다. 아니, 나쁜 것은 없고 전부 좋은 것뿐이다.

그리고 좋은 것들의 구 할 이상을 지금 그녀를 안고 있는 이 남자, 진검룡이 온통 차지하고 있다.

기억을 잃기 전의 그녀가 어떤 사람이었을지 궁금하지만 지금의 생활을 송두리째 내버릴 정도로 가치 있을 것이라는 생각은 들지 않았다.

민수림은 약간 몸을 움찔거려서 자신이 진검룡에게 안겨 있다는 사실을 다시 한번 확인하고 잠을 청했다.

물을 마시지 않고도 갈증은 이미 해소됐다. 그녀에게는 진검룡이 물이고 공기이고 삶이다.

오래지 않아서 그녀는 다시 깊은 잠 속에 빠져들었다.

하지만 그녀는 미처 알지 못했다.

자신을 안고 있는 진검룡 뒤쪽에 부옥령이 거머리처럼 찰싹 달라붙어 있다는 사실을.

第百三章

남창일통

적도방 본전 대전 내에 수십 명이 모여 있다.

단상 위의 의자에는 진검룡과 민수림이 나란히 앉아 있으며, 양쪽에는 부옥령과 청랑, 은조가 늠름하게 서 있다.

단상 아래 넓은 대전에는 적도방 간부급 수십 명이 줄지어 늘어서 앉아 있다.

단상 바로 아래에는 적도방 무련총교부 당재원이 당당한 자세로 우뚝 서 있다.

도열해서 앉아 있는 사람들은 적도방 당주와 향주, 조장 중간 간부급들이다.

그들은 어째서 자신들 앞에 무련총교부가 혼자 서 있는 것인지, 방주를 비롯한 굵직굵직한 핵심 간부 십여 명이 왜 보이지 않는 것인지 몹시 궁금하게 여겼다.

그리고 단상의 의자에 앉아 있는 낯선 일남일녀와 좌우에 서 있는 세 명의 여자가 누군지도 궁금했다.

지금 보이지 않는 열두 명의 핵심 간부들이 방주의 측근들이며 그들 중에 세 명 총관과 총당주, 그리고 기번당주(旗幡堂主)가 최측근이다.

당재원이 좌중을 향해 손을 들었다.

"조용하시오."

술렁거리던 실내가 조용해지기를 기다렸다가 당재원이 웅혼한 목소리로 말을 이었다.

"모두에게 알려줄 사실이 있소."

당재원은 적도방의 무련총교부로서 모두에게 무공을 가르치는 일만 하지 실세하고는 거리가 멀다.

좌중의 사람들은 그런 당재원이 도대체 무슨 말을 하려는 것인지 그를 뚫어지게 주시했다.

당재원의 차분한 목소리가 대전을 나직이 울렸다.

"적도방은 멸문했소."

"무슨 소리요?"

"무슨 말도 안 되는 소리를……."

중인들은 그의 말을 알아듣지 못하고 웅성거렸다.

적도방이 아무런 공격도 받지 않았으며 싸움 같은 것도 없었고 자신들이 버젓이 여기에 버티고 있는데 멸문했다니, 도 대체 그런 터무니없는 말을 누가 믿겠는가.

그러나 당재원은 개의치 않고 말을 이었다.

"방주와 총관, 총당주, 일곱 명의 당주, 호법, 책사가 모두 제압되어 감금됐소."

그제야 좌중이 술렁거리기 시작했다.

당재원은 개의치 않고 자신의 할 말을 했다. 그는 단상의 진검룡과 민수림을 공손히 가리켰다.

"저기 계신 두 분께선 항주 영웅문의 문주와 태상문주이신 영웅쌍신수이시오."

"어엇!"

"앗!"

그러자 좌중이 크게 술렁거리면서 시끄러워졌다.

현재 항주 영웅문은 강남무림에서 가장 유명한 존재로 급 부상하고 있는 중이다.

남천의 절대자인 검황천문과 대적하는 유일한 문파이며, 실 제로 검황천문과 여러 차례 큰 싸움을 벌여서 모두 이긴 대단 한 문파가 영웅문이다.

그런 영웅문보다 더 유명한 존재가 다름 아닌 영웅쌍신수 전광신수와 철옥신수다.

앉아 있는 간부급들 앞쪽에는 당주 세 명이 서 있는데 그 들은 현재 이곳에서 당재원을 제외하고 가장 높은 지위이다.

당주와 무련총교부 중에 누가 더 지위가 높은지는 정확하게 정해진 바가 없다.

다만 무련총교부는 적도방 천오백여 명에게 무공을 가르치는 사부 역할을 하고 있으므로 당주보다는 훨씬 특별한 지위이며 별정직이라고 할 수 있다.

세 명의 당주 중에 한 명이 단상의 진검룡 등을 가리키며 당재원에게 대들 것처럼 물었다.

"저들이 방주들을 제압한 것이오?"

"그렇소."

당주 한 명이 당장에라도 단상으로 달려갈 것처럼 버럭 고함을 질렀다.

"그렇다면 저자들을 당장 죽여야 마땅하지 어째서 이러고 있는 것이오?"

그러자 다른 당주가 굳은 얼굴로 그를 만류했다.

"종 형, 총교부의 말을 좀 더 들어봅시다."

"대체 무슨 말을······."

"총교부의 말을 들어야 일의 전말을 알 것이고, 그래야 대처를 할 것이 아니겠소?"

"그것은······."

"무슨 일인지 모르는 채 무조건 화만 내는 것은 좋은 방법이 아닌 것 같소."

"아··· 알겠소."

당재원은 종 형이라는 당주를 만류한 당주에게 가볍게 고개를 끄떡여 보였다.

"고맙소, 현 당주."

현 당주 현철부(玄哲夫)는 엷게 미소 지었다.

"설명해 보십시오."

당재원은 모두를 둘러보면서 진중한 표정으로 말했다.

"영웅문주 부부께서 무엇 때문에 적도방을 괴멸시키려고 하시는지 이제부터 자세히 설명하겠소."

당재원이 '영웅문주 부부'라고 하는 말에 진검룡은 깜짝 놀라서 급히 민수림을 쳐다보았다.

민수림도 놀란 듯 눈을 크게 떴다가 진검룡이 자신을 쳐다보는 걸 깨닫고 고개를 숙이면서 얼굴을 살짝 붉혔다.

당재원이 오해를 해서 두 사람을 부부라고 말했을 뿐인데 진검룡은 너무 좋아서 죽을 지경이다.

부옥령은 진검룡과 민수림을 보면서 입술을 삐죽거렸다.

두 사람의 관계가 다른 사람들에게 부부로 비치는 것이 흐뭇하면서도 다른 한편으로는 부러워서 죽을 지경이다.

*　　　　　*　　　　　*

당재원의 설명이 끝나자 좌중은 크게 술렁거렸다.

그는 적도방이 검황천문의 주구 노릇을 자처하면서부터 남창을 비롯한 강서성에 저지른 악행에 대해서 하나씩 일일이 열거하면서 설명했다.

검황천문이 전폭적으로 밀어준 덕분에 적도방은 강서제일 방파가 될 수 있었다.

그렇게 강서제일방파가 된 적도방은 검황천문이 요구하는 어마어마한 거액을 매월 상납하기 위해서 수단과 방법을 가리지 않고 착취를 해댔다.

착취 대상은 비단 방파나 문파에만 국한되지 않았으며, 돈을 긁어모을 수만 있다면 공갈과 협박을 넘어서 온갖 악독한 짓을 서슴지 않았다.

남창 내에서 적도방에게 피해를 당하지 않은 곳이 단 한 군데도 없을 정도다.

적도방의 피에 젖은 손길은 점차 강서성 전역으로 퍼져 나갔으며 사람들의 원성은 하늘을 찔렀다.

적도방으로서 검황천문이 요구하는 엄청난 상납금을 매월 맞추기 위해서는 그렇게 할 수밖에 없다.

적도방 내에서조차 자신들이 그런 악행을 저지르는 것에 대해서 견디지 못하고 방을 떠나는 사람들이 속출했다.

그러나 적도방은 점점 더 세력을 넓혀갔으며 고수들을 꾸준히 모집하여 현재의 천오백여 명에 이르는 대방파가 되었다.

당재원이 발을 힘껏 굴렀다.

쿵!

"조용하시오!"

당재원은 좌중이 조용해지기를 기다렸다가 입을 열었다.

"그래서 영웅문주 부부께서 적도방 방주를 비롯한 측근들을 제압하신 것이오."

좌중에서 누군가 외치듯이 물었다.

"그들은 살아 있소?"

"그렇소."

그는 향주의 지위다.

"어디에 있소?"

"알 것 없소."

향주는 벌떡 일어나서 좌중을 둘러보면서 선동하듯이 큰 소리로 외쳤다.

"적도방이 붕괴하다니 무슨 개소리요! 우리가 방주를 구해야 하는 것 아니오?"

그러자 좌중이 술렁거리더니 몇 명이 그에게 동조하면서 불쑥불쑥 일어섰다.

"동의합니다!"

"우리가 방주를 구합시다!"

향주는 좌중을 둘러보고 나서 단상의 진검룡 등을 가리키면서 의기양양하게 말했다.

"저런 거지 같은 것들이 본 방에 숨어들어서 행패를 부리는 걸 보고만 있을 것이오?"

그러자 이번에는 좀 더 많은 자들이 우르르 일어섰다.

진검룡은 묵묵히 지켜보기만 했고, 당재원도 뒷짐을 지고 기다렸다.

향주는 계속해서 자신들이 방주를 구해야 하고 저 거지 같은 놈들을 천참만륙 찢어 죽여야 한다고 소리 높여 떠들며 좌중을 부추겼다.

열 호흡쯤 지나자 일어설 자들은 다 일어선 것 같다. 향주 자신을 포함하여 모두 십육 명이다.

여기에 모인 사람이 오십여 명이니까 십육 명은 삼 할 정도 수준이다.

그들 십육 명은 향주와 조장들이라서 수하들을 데리고 온다면 족히 이백 명 이상 될 터이다.

그렇지만 그 수하들은 향주와 조장의 명령에 움직일 뿐이지 그들 모두가 같은 뜻은 아닐 것이다.

향주는 앞쪽에 있는 세 명의 당주에게 의기양양한 표정으로 말했다.

"거기 당주분들 중에 나하고 손잡을 사람 없소?"

건방지기 짝이 없는 말투다.

세 명의 당주는 이맛살을 찌푸렸지만 향주를 거들떠보지도 않았다.

원래 당재원은 진검룡에게 적도방에서 반드시 제거해야 할 자들이 누구인지 가르쳐 주었다.

그자들이 적도방주 양번과 측근 열두 명이며, 당재원은 그들만 제거된다면 적도방을 어렵지 않게 접수할 수 있을 것이라고 확신했었다.

당재원이 지난 이 년여 동안 지켜본 바에 의하면 세 명의 당주는 적도방 간부급들 중에서 의협심이 남달랐다.

그래서 그들을 제거하거나 내치지 않고 잘 설득한다면 적도방을 청검문으로 재개파할 경우에 여러모로 도움을 받을 수 있을 것이라고 예상했다.

향주는 제일 먼저 대열에서 밖으로 나오면서 자신의 편이 된 십오 명을 독촉했다.

"자! 다들 나가서 수하들을 이끌고 옵시다!"

도합 십육 명이 대열 밖으로 우르르 나왔다가 대전 입구로 달려갔다.

그때 부옥령이 카랑카랑한 목소리로 차갑게 말했다.

"거기 멈춰요."

향주를 비롯한 십육 명이 멈춰서 한껏 거드름을 피우며 뒤돌아보고는 저것이 대체 무슨 말을 하려는 것인지 어디 들어나 보자는 표정을 지었다.

그들은 진검룡 등이 겁을 집어먹고 자신들을 불러 세운 것이라고 짐작했다.

진검룡 옆에 서 있던 부옥령은 천천히 걸어서 단상 끄트머리에 멈추고 십육 명을 보며 말했다.

"지금이라도 그 무리에서 빠지고 싶은 자는 빠져요. 이게 마지막 기회예요."

그러자 무리 중에 조장 한 명이 주춤거리며 주위 사람의 눈치를 살폈다.

향주가 그를 보고 인상을 쓰며 버럭 고함을 지르며 심하게 나무랐다.

"빠지려면 빠져라! 겁쟁이 놈아! 너 같은 건 있으나 없으나 마찬가지다!"

욕을 먹은 조장은 무리에서 빠져나와 원래 자신이 있던 자리로 힘없이 돌아갔다.

향주는 무리에서 빠진 조장이 바닥에 앉자 두 손을 허리에 얹고 한껏 비아냥거렸다.

"본 방이 원상복구 되는 즉시 제일 먼저 네놈을 가차 없이 응징해 주마!"

그는 무리에게 손짓을 하며 대전 입구로 향했다.

"가자!"

퍼억…….

"끄윽!"

그런데 막 한 발걸음을 떼던 그가 멈칫하면서 답답한 신음을 터뜨렸다.

그러고는 향주의 뒤통수와 이마에서 동시에 피가 분수처럼 푹! 하고 뿜어졌다.

그러자 좌중 여기저기에서 아! 오! 하는 탄성이 어지럽게 흘러나왔다.

향주가 비틀거리면서 몇 걸음 걸어가자 모두 반사적으로 단상의 부옥령을 쳐다보았다.

단상 끝에 우뚝 선 채 부옥령은 향주를 향해 손가락 하나를 뻗고 있다.

그녀의 실력이라면 어떤 자세나 동작을 취하지 않고서도 무형강기를 뿜어내어 향주를 죽일 수가 있다.

그런데도 구태여 손가락 하나를 뻗은 이유는 자신이 향주를 죽였다는 사실을 좌중에 알리기 위해서다. 그래야지만 공포심이 더 크게 작용할 것이기 때문이다.

모두 부옥령을 보고는 크게 놀랐다. 그녀가 지풍을 발출하여 향주의 머리를 관통했다고 생각하기 때문이다.

만약 사실을 알게 되면 다들 기절초풍할 것이다. 아니, 그럴 일이 곧 벌어졌다.

부옥령이 오른손을 쭉 뻗자 네 손가락에서 네 줄기 무형강기가 발출됐다.

츠으읏!

무형강기라서 눈으로는 보이지 않지만 모두 미약한 음향을 듣고 이제 곧 무슨 일이 벌어질 것이라는 직감이 들어서 모골이 송연해졌다.

그리고 다음 순간 혼비백산할 일이 모두의 눈앞에서 벌어지고 말았다.

퍼퍼퍼퍼퍽!

"크윽!"

"커흑!"

둔탁한 음향과 답답한 여러 마디의 신음이 한꺼번에 좌중을 울렸다.

그 순간 중인들은 혼비백산하여 눈을 휘둥그렇게 떴다.

"아……."

향주를 따라 나가려고 했던 십사 명이 똑같이 머리에서 피를 뿜어대고 있기 때문이다.

쿵!

먼저 당한 향주가 제일 먼저 쓰러졌다.

쿠쿠쿠쿵! 쿠쿠쿵!

직후 십사 명이 앞다투어 와르르 쓰러졌다.

그들은 끙끙거리는 신음을 흘리며 바닥에서 몸을 부들부들 떨어대더니 잠시 후에 조용해졌다.

대전 바닥에 앉아 있던 사람들은 모두 일어났으며, 혼비백산한 표정을 지으며 아무도 입을 열지 않았다.

모두 방금 전에 두 눈으로 똑똑히 목격했다. 부옥령이 손을 뻗으니까 츠으읏! 하는 조용한 음향이 흐르는가 싶더니 십사 명이 한꺼번에 머리에서 혈화(血花) 같은 피를 뿜으면서 쓰러진 광경을 말이다.

　　　　　*　　　　　　*　　　　　　*

　대전 내에 질식할 것 같은 적막이 흘렀다.

　조금 전까지 죽은 향주의 무리에 끼어 있다가 혼자 빠져나
온 조장은 바닥에 앉은 채 사시나무 떨듯이 떨고 있으며 사
타구니가 흥건하게 젖었다.

　그는 한순간의 결정으로 구사일생 목숨을 건졌다. 그때 용
기를 내지 않았더라면 저기 핏물 속에 쓰러져 있는 자들 속에
그도 섞여 있을 것이다.

　단하의 모든 사람들은 머리가 관통되어 죽은 십오 명과 단
상에 당당하게 서 있는 부옥령을 번갈아 쳐다보면서 혼비백산
한 표정을 감추지 못했다.

　중인들은 부옥령이 한 번 손을 뻗은 것만 봤다. 그리고 츠
으읏! 하는 음향도 한 번만 났다.

　그런데 십사 명이 한꺼번에 죽어버렸다. 그것도 똑같이 머
리가 관통되었다.

　도대체 방금 그 광경은 두 눈 뻔히 뜨고 지켜보고서도 도저
히 이해할 수 없다.

　부옥령이 발출한 네 줄기 무형강기가 중간에 여러 갈래로
갈라져서 십사 명의 머리를 적중시켰다는 사실을 중인들은
아무도 간파하지 못했다.

진검룡과 민수림은 모든 것을 부옥령에게 맡긴 채 그녀가 하는 대로 묵묵히 지켜보았다.

강호의 경험이라면 부옥령을 따를 사람이 무림을 통틀어도 몇 명 되지 않을 것이다.

그렇기에 적도방 일을 그녀에게 맡겨두면 알아서 척척 잘 처리할 것이다.

부옥령이 당재원에게 가볍게 고개를 끄떡이자 그가 대전 입구 바깥을 향해 외쳤다.

"치워라!"

곧이어 대전 밖에 대기하고 있던 당재원의 예전 제자들이 우르르 쏟아져 들어와 시체들을 둘러메고 나갔다.

당재원의 제자들은 대부분 당재원이 우두머리로 있는 무련총교 내에 배치되었다.

일반 적도방 내의 당에 소속되면 자신이 하기 싫어도 떠밀려서 악행을 저질러야 하기 때문에 당재원이 미리 손을 써서 제자들을 자신의 부처로 빼돌린 것이다.

잠시 후에 시체 열다섯 구가 치워졌지만 피는 여전히 바닥에 홍건하게 고여 있다.

당재원이 부옥령에게 공손히 고개를 숙였다.

"말씀하시지요."

부옥령은 뒷짐을 진 채 좌중을 한 차례 둘러보고 난 후에 조용한 목소리로 말문을 열었다.

"나는 영웅문의 좌호법이에요."

좌중에서 아! 오! 하는 나직한 탄성이 흘러나왔다.

모두들 조금 전에 부옥령이 향주와 조장 십오 명을 너무도 간단하게 죽이는 광경을 똑똑히 목격했었다.

중인들은 지금까지 살아오면서 그런 신적인 무공을 직접 눈으로 목격한 적이 한 번도 없었다.

그런 엄청난 초극고수가 좌호법이라면 도대체 영웅문주 부부의 무위는 어느 정도일지 상상조차 되지 않았다.

부옥령이 말을 이었다.

"오늘부로 적도방은 깨끗하게 멸문하고 새로 이 자리에 청검문이 개파할 거예요."

좌중의 당주들과 향주, 조장들은 궁금한 것 천지지만 부옥령이 무서워서 감히 물어볼 엄두를 내지 못했다.

"청검문이 개파하기 전에 여길 떠나고 싶은 사람은 지금 떠나도록 하세요."

부옥령의 말에 장내가 술렁거렸다.

부옥령이 보니까 좌중에는 남을 사람보다는 떠나려는 사람이 훨씬 많은 것 같았다.

만약 다 떠나고 이곳에 당재원과 그의 제자들만 남는다면 청검문 개파는 물 건너가고 만다.

겨우 몇십 명만으로는 하나의 문파를 버젓이 개파할 수가 없기 때문이다.

그래도 부옥령은 사람들에게 청검문에 남으라고 입에 발린 소리를 하지 않았다.

조용한 가운데 좌중에 몇 명이 대열에서 나오더니 대전 입구로 걸어갔다.

처음에는 세 명이었다. 그러다가 다섯 명이 되더니 열댓 명으로 불어났다.

정확히 열일곱 명이 대전 입구로 떼 지어서 몰려가는데 그들은 서로에게 아무 말도 하지 않았다.

아마도 그들은 나름대로 머릿속이 복잡할 것이다. 적도방이 멸문했으니까 이제 어디로 가면 좋을 것인가. 자신들이 알고 있는 여러 방파와 문파들을 손꼽으면서 주판알을 튕기고 있을 터이다.

열일곱 명의 선두가 대전을 나가고 나머지가 그 뒤를 이어서 나가고 있을 때 앞쪽 세 명의 당주 중에 아까 종 형이라고 불린 자가 부옥령에게 불쑥 물었다.

"우리가 청검문에 남으면 뭐가 달라집니까?"

부옥령이 아래를 굽어보며 말했다.

"뭐든지 궁금한 게 있으면 물어봐요."

대전을 나가려던 향주와 조장들이 걸음을 멈추고 뒤돌아보며 과연 무슨 대화를 나누는지 궁금한 표정을 지었다.

이미 대전 밖으로 나간 자들도 다시 돌아와서 대전 안쪽을 기웃거렸다.

세 명의 당주가 기다렸다는 듯이 묻기 시작했다.

"그러면 청검문은 검황천문을 상대할 겁니까?"

"물론이에요."

"우린 검황천문의 상대가 못 됩니다. 뭔가 좋은 계획이라도 있습니까?"

부옥령은 차분하게 말했다.

"검황천문이 영웅문을 여러 번 공격했는데 모두 우리가 이겼다는 사실을 알고 있죠?"

무림에서 그걸 모르는 사람은 없을 것이다. 검황천문 항주지부 노릇을 해왔던 오룡방을 괴멸시킨 진검룡이 영웅문을 개파했고, 이후 검황천문은 몇 번에 걸쳐서 영웅문을 토벌하려고 항주에 고수들을 파견했었으나 번번이 실패했었던 소문은 이미 무림에 파다하게 퍼졌다.

"잘 알고 있습니다."

"여기도 그렇게 만들 거예요."

"어떻게 말입니까?"

부옥령은 희고 긴 손가락 하나를 세웠다.

"항주는 영웅문을 중심으로 항주오대중방파와 항주십이소방파가 하나로 뭉쳤어요. 그랬더니 검황천문이 영웅문을 함부로 대하지 못하게 된 거예요."

당재원과 친분이 있는 현철부가 물었다.

"아무리 영웅문이 도와준다고 해도 우리가 남창을 하나로 만드는 것은 무리가 있습니다."

부옥령이 비록 십칠팔 세 어린 소녀의 모습이지만 아까 그녀가 보여준 개세적인 무공 때문에 당주들은 최대한 공손한 태도를 보였다.

"영웅문은 항주와 절강성을 지켜야 할 텐데 여기에 상주하면서 언제까지 우릴 돕지는 못하겠지요."

"남창제일문파와 협력하면 무리가 없을 거예요."

세 명의 당주는 의아한 표정을 지었다.

"남창제일문파라면……."

부옥령이 대전 입구에 대고 말했다.

"권 문주는 들어와라."

그녀의 말이 떨어지고 조금 지나자 대전으로 몇 사람이 들어서는데 가장 앞장선 당당한 체구에 키가 크고 날카로운 인상의 장한을 본 중인들이 깜짝 놀랐다.

"아……."

"저 사람이 여길……."

그는 다름 아닌 조양문주 권부익이었다. 그는 총관 적인결과 책사 소소, 두 명의 당주와 함께 성큼성큼 당당하게 걸어 들어왔다.

모두 놀라서 지켜보고 있는 가운데 권부익 등은 똑바로 걸어 들어와 단하에 늘어서 진검룡과 민수림을 향해 포권을 하며 깊숙이 허리를 굽혔다.

"주군!"

세 명의 당주를 비롯하여 대전에 있던 향주와 조장들이 기겁하여 펄쩍 뛰었다.

들어선 사람이 조양문주와 총관 적인결 등이라는 것을 한 눈에 알아봤는데 그들이 진검룡과 민수림에게 '주군'이라고 부르며 예를 취하니까 놀라지 않을 수가 없다.

좌중의 사람들은 조양문 사람들의 행동을 보고 조양문이 영웅문 휘하에 들어갔다는 사실을 짐작했다.

부옥령이 앞에 선 세 당주에게 말했다.

"청검문이 조양문과 합세하고 영웅문이 돕는다면 남창을 통합할 수 있을 거예요. 그렇게 하면 검황천문도 쉽사리 도발하지 못할 거예요."

적도방이 멸문하고 청검문이 재개파를 한다면 남창제일방파 자리를 조양문에게 내줘야 할 것이다.

그렇다고 해도 조양문과 청검문이 힘을 합친다면 남창을 일통하는 것은 큰 문제가 없다.

조양문과 청검문의 두터운 영향력과 세력이라면 남창의 방파와 문파들, 그리고 작은 무도관들까지 기꺼이 힘을 보태줄 터이다.

부옥령의 나직하지만 힘 있는 목소리가 이어졌다.

"남창을 비롯한 강서성 전역에서 행해졌던 착취와 수탈을 금지하세요."

현철부가 환한 표정을 지었다.

"쌍수를 들어 환영합니다."

종 형이라고 불렸던 종평(宗平)이 부옥령에게 물었다.

"검황천문에 상납하지 않으면 그들이 절대로 가만히 있지 않을 겁니다."

부옥령은 대수롭지 않게 말했다.

"가만히 있을 거예요."

조평은 고개를 갸웃거렸다.

"어째서 그렇습니까?"

부옥령이 소소에게 명령했다.

"소야, 네가 여기 올라와서 설명해라."

소소는 공손히 예를 취하고 단상에 올라와 좌중을 향해 서서 차분하게 말문을 열었다.

"검황천문은 여러 가지 이유 때문에 섣불리 많은 고수들을 남창으로 보내지 못하는 상황이에요."

소소를 주시하는 모든 사람들은 그의 절세적인 미모에 정신을 차리지 못하는 것 같았다.

소소는 목소리마저도 여자 같아서 중인들은 천하절색의 미녀가 남장을 한 것이 아닌가 오해를 했다.

종평이 소소에게 물었다.

"어째서 그렇다는 것이오?"

"남천 검황천문이 북성 천군성과 첨예하게 대치하고 있다는 사실은 잘 알려져 있지요. 그런 와중에 검황천문은 항주 영웅문을 서너 차례 공격했으나 대규모는 아니었어요."

또 한 명의 당주인 왕주산(王周山)이 말했다.

"검황천문이 어째서 대규모로 영웅문을 공격하지 않은 것이오?"

적도방 당주 정도가 무림 돌아가는 상황을 자세히 알 수는 없는 일이다.

소소는 살짝 미소 지었다.

"그런 걸 세세히 설명할 수는 없으니까 나중에 시간이 나면 따로 설명하도록 하죠."

사실 당주들이 그런 것까지 자세하게 알 필요는 없다.

"어쨌든 검황천문이 영웅문을 전멸시키려면 일류고수 만여 명을 동원해야 하는데 그럴 여력이 없었어요. 그동안 영웅문에 보냈던 토벌대는 삼사천 명에서 많아야 오천 명 수준이었는데 그것으로는 어림도 없었어요. 검황천문이 보내는 족족 다 전멸하거나 지리멸렬해서 쫓겨 갔죠."

"하아……."

중인들은 검황천문과 영웅문의 싸움이 어땠었다는 것은 소문으로 들어서 대충 알고 있었으나 지금처럼 자세히 듣기는 처음이라서 말문이 콱 막혔다.

예전에 검황천문이 조양문을 공격하려고 파견했던 고수는 삼백 명이었다.

검황고수 한 명이 조양문의 조양고수 대여섯 명을 너끈히 상대하고도 남을 것이다.

그러니까 검황고수 삼백 명으로 조양문을 짓밟는 것은 간단한 일이다.

그 당시에 검황고수들은 조양문주 권부익을 밖으로 불러내서 자신들의 요구에 불복하면 조양문을 멸문시키겠다고 위협했으며, 멸문당할까 봐 겁을 먹은 권부익은 즉각 항복했었다.

남창제일문파인 조양문이 검황고수 삼백 명에게 바짝 겁을 먹고 무조건 항복을 했는데, 영웅문은 검황천문에서 보낸 삼사천 명에서 오천 명까지의 고수들을 몇 차례에 걸쳐서 지리멸렬시켜서 쫓아 보냈으니 조양문하고는 격이 달라도 하늘과 땅 차이다.

중인들은 영웅문이 대단하다는 소문은 익히 들어서 알고 있었으나 소소의 입을 통해서 영웅문의 실체에 대해서 직접 들으니까 아예 벌어진 입이 다물어지지 않았다.

중인들이 모두 경악하고 있을 때 소소의 짤랑짤랑한 목소리가 흘러나왔다.

"그런데 이제는 검황천문이 정예고수 만 명을 보낸다고 해도 영웅문을 괴멸시키지 못할 거예요."

왕주산이 놀라듯 어눌하게 물었다.

"그건 왜 그런 것이오?"

"영웅문은 얼마 전까지 항주제일문파였지만 현재는 절강제일문파이기 때문이에요."

"절강제일문파라는 것은⋯⋯."

"영웅문이 절강무림을 일통시켰으니까요."

"아아⋯⋯."

"맙소사⋯ 그게 정말이오?"

중인들은 혼절할 정도로 놀라서 입에 거품을 물었다.

진검룡이 절강성을 일통한 것은 불과 닷새 전인 데다가 소문나지 않도록 조심했으므로 이들이 모르는 게 당연하다.

소소는 자신의 일인 양 의기양양해서 말했다.

"그런데 영웅문이 이제 남창과 강서성까지 수중에 넣는다면 과연 검황천문이 쉽게 상대할 수 있을까요?"

"그렇군요⋯⋯."

세 당주와 중인들은 감탄한 표정을 지으면서 입만 크게 벌릴 뿐이다.

그때 진검룡이 조용한 목소리로 말했다.

"그건 소야, 네 말이 틀렸다."

"네?"

모두의 시선이 진검룡에게 집중됐다.

진검룡은 세 당주를 보면서 단단한 목소리로 딱 부러지게 말했다.

"우리는 남창과 강서성을 수중에 넣는 것이 아니오. 다만 서로 협조해서 검황천문에 대적하려는 것이오."

권부익이 진검룡에게 고개를 숙였다.

"그러나 저희 조양문은 주군 휘하입니다."

당재원도 권부익 옆에서 진검룡을 향해 고개를 숙였다.

"청검문도 주군 휘하입니다."

第百四章

천추각(千秋閣)

　권부익이 돌아서 좌중을 향해 웅혼한 목소리로 말했다.

　"잘 들으시오. 우리 모두가 살 수 있는 길은 주군 휘하에 들어가는 것뿐이오!"

　권부익은 세 명의 당주에게 물었다.

　"적도방이 남창을 비롯한 강서성 전역에서 온갖 방법으로 착취와 수탈을 해서 긁어모은 돈을 검황천문에 상납하는 생활로 돌아가기를 원하는가?"

　현철부가 강하게 고개를 가로저었다.

　"절대 그러지 않겠소. 그런 비참한 삶을 사느니 차라리 초야에 묻히겠소."

권부익이 굴강하게 말했다.

"그러지 않으려면 주군의 수하가 돼야 하네."

진검룡이 나서서 뭔가 말하려는 것을 민수림이 가만히 손을 잡으며 만류하며 전음을 했다.

[가만히 있어요.]

진검룡은 할 말이 있었으나 민수림이 손을 잡는 순간 깡그리 잊어버렸다. 그저 그녀의 부드럽고 따스한 손의 체온만 느껴질 뿐이다.

권부익의 웅혼한 말이 이어졌다.

"주군께선 검황천문의 착취를 용납하지 못해서 적대하고 계시는 것일세. 또한 주군께선 부당하게 백성들을 괴롭히는 것을 견디지 못하시네."

무림에서는 그런 것을 '협의' 또는 '정의'라고 말한다는 것을 중인들은 잘 알고 있다.

현철부가 진검룡에게 용기를 내서 물었다.

"그러면 우리에게도 무공을 가르쳐 주시겠습니까?"

진검룡은 민수림의 손을 만지면서 노닥거리느라 현철부의 말을 듣지 못했다.

민수림이 진검룡의 손을 잡은 손에 살짝 힘을 주었다.

[방금 저 사람이 자신들에게도 무공을 가르쳐 주겠느냐고 물었어요.]

진검룡이 쳐다보자 현철부와 두 명의 당주가 몹시 기대하는 표정을 짓고 있다.

"항주의 영웅문 안에 예전 항주오대중방파와 항주십이소방파들이 모두 들어와 함께 생활하며 문주 부부께 굉장한 무공을 배워서 나날이 일취월장하고 있다는 소문을 들었습니다. 저희도 그런 게 가능한지 궁금합니다."

권부익과 당재원은 현철부가 그런 말을 할 것이라고 예상하지 못했기에 크게 놀라는 표정을 지었다.

그렇지만 그런 얘기가 나오자 권부익과 당재원도 그것에 대해 몹시 궁금해졌다.

진검룡은 일어나서 천천히 단상의 끝으로 걸어가서 멈추고 좌중을 둘러보았다.

아까 대전 밖으로 나가려고 한 향주와 조장들은 어느새 안으로 들어와서 앉아 있었다.

진검룡의 조용한 목소리가 실내를 울렸다.

"항주의 영웅문과 같기를 원하오?"

세 명의 당주는 고개가 부러질 것처럼 크게 끄떡이며 크게 대답했다.

"그렇습니다!"

"영웅문과 똑같이 해주십시오!"

＊　　　　＊　　　　＊

조양문주의 집무실 균천각 실내에는 진검룡과 민수림, 부옥령, 권부익, 당재원, 소소, 적인결이 커다란 탁자에 둘러앉아 있으며, 진검룡과 민수림 뒤에는 청랑과 은조가 서 있다.

진검룡 등은 약 두 시진에 걸쳐서 남창을 일통시키는 일에 대해서 의논하고 있는 중이다.

항주의 영웅문을 본뜨는 것이니까 어려울 게 없다. 거기에다 권부익과 당재원이 이곳 남창의 사정에 맞춰서 몇 가지 의견을 내놨고 진검룡이 받아들였다.

그런데 문제가 생겼다.

항주의 영웅문처럼 하려면 막대한 자금이 필요한데 그걸 구하는 일이 막막했다.

항주 영웅문의 십엽루에서 벌어들이는 돈을 남창에 퍼부을 수는 없는 일이다.

남창의 조양문과 청검문 등은 자급자족을 해야만 한다. 처음부터 영웅문의 도움을 받다 보면 습관이 되어 계속 도움이 이어져야만 한다.

영웅문이 도움을 준다고 해도 그럴 여력이 없다. 항주 영웅문이 워낙 거대해져서 돈이 꽤 많이 든다.

십엽루가 버는 돈의 무려 칠 할이나 영웅문에 들어가고 있으니 어마어마한 일이다.

그런 영웅문을 남창에도 만들어야 하는 것인데 십엽루에서 버는 돈을 쏟아붓는 일은 언감생심 생각도 못 할 일이다.

대화가 자금 얘기에서 멈추었다. 구체적으로 계산해 보니까 워낙 엄청난 자금이 들어가는 터에 다들 기가 막혀서 말문이 막혀 버렸다.

여태까지 의논한 밑그림은 이렇다. 조양문은 남창 외곽에 위치해 있으며, 주변에 강과 넓은 땅, 숲이 펼쳐져 있으니 주위의 땅을 사들여서 지금보다 몇 배로 증축을 하여 제이의 영웅문을 만든다는 계획이다.

그렇게 하지 않으면 남창을 일통시키는 일이 큰 의미가 없어지게 된다.

조양문은 남창 외곽에 있으며, 청검문은 적도방이 있는 횡항 절벽 위에 있고, 다른 방파와 문파들은 남창과 횡항, 그리고 그 사이 여기저기에 흩어져 있다.

그들 모두를 한 군데로 모아야지만 검황천문을 상대하는 일이 가능한 것이다.

꽤 긴 침묵이 흘렀는데 아무도 입을 열지 않았다.

문득 진검룡이 소소에게 말했다.

"소야, 그래서 경비가 얼마나 들 것 같으냐?"

소소는 막힘없이 대답했다.

"은자 천오백만 냥이 소요될 것 같아요."

"천오백만 냥······."

권부익이 억눌린 듯 중얼거렸고, 당재원과 적인결 등의 얼굴에 잔뜩 어이없는 표정이 떠올랐다.

많을 것이라고만 생각했는데 무려 은자 천오백만 냥이나 들 줄은 예상하지 못했다.

그 정도 엄청난 거액은 한 번 보고 죽으려고 해도 구경조차 할 수가 없다.

소소가 가라앉은 목소리로 말을 이었다.

"그것이 최초 일 년 동안 소요될 경비예요. 그 이후부터는 매월 은자 삼백오십만 냥씩 필요할 거 같아요. 그 거대조직을 유지하는 경비예요."

"그게 무슨……."

"맙소사……."

은자 천오백만 냥이 끝이 아니란다. 그게 최초 일 년 치 경비이고 그다음부터는 매월 은자 삼백만 냥씩이 경비로 필요하다는 것이다.

진검룡도 머리를 굴려서 돈이 얼마나 필요할까 나름대로 계산을 해봤는데 처음에는 은자 오백만 냥이고, 추후에 매월 백만 냥씩이면 어떻게 해볼 수 있을 것 같았다.

그런데 소소의 계산은 진검룡보다 딱 세 배가 더 나왔다. 물론 진검룡보다 소소가 더 정확할 것이다.

"엄청나군요……."

권부익이 입에 거품을 물듯이 중얼거리자 당재원은 고개를 절레절레 가로저었다.

"아무래도 안 되겠습니다. 너무 엄청나군요. 다른 방법을 찾아야 할 것 같습니다."

권부익이 조심스럽게 말했다.

"규모를 축소하고 남창의 각 방파와 문파들이 돈을 갹출하는 것이 어떻습니까?"

부옥령이 고개를 가로저었다.

"그렇게 해서는 검황천문에서 보내는 토벌대를 당해내지 못할 거예요."

소소가 고개를 끄떡이며 진지하게 말했다.

"좌호법님 말씀이 맞아요. 규모를 축소하면 검황천문 토벌대를 아예 당하지 못할 거예요."

소소는 강경한 어조로 말했다.

"무조건 관철시켜야 해요. 그걸 이루지 못한다면 예전으로 돌아가는 수밖에 없어요."

"음!"

권부익과 당재원이 신음을 흘리는데, 소소는 깐깐한 표정으로 말을 이었다.

"우리 계획이 성공해서 남창을 일통한다고 해도 검황천문이 토벌대를 보낸다면 항주에 계신 주군께서 즉시 도와주러 남창에 달려오셔야만 해요."

진검룡이 뜨악한 얼굴로 물었다.

"그래야 되는 거냐?"

"그래야만 해요."

소소는 아름다운 눈을 깜빡거렸다.

"검황천문에서 항주까지는 육백여 리인데 남창까지는 천이백여 리예요. 그러니까 검황천문에서 남창으로 토벌대를 보냈다는 급보를 받으시면 주군께서 그 즉시 남창을 도우러 출발하시면 돼요."

"알았다."

소소는 희고 긴 손가락 하나를 세웠다.

"조양문을 중축하고 청검문과 함께 남창을 일통하는 것이 전제돼야 해요. 그런 다음에 주군께 구원을 요청하는 거예요. 남창 일통이 선행되지 않으면 주군께서 구원하시러 와도 토벌대를 막지 못할 거예요."

남창에서 검황고수들을 상대하는 것은 항주하고는 사뭇 다를 것이다.

왜냐하면 진검룡이 영웅문의 정예고수들을 죄다 이끌고 올 수 없기 때문이다.

항주 영웅문을 비웠다가 검황천문이 급습이라도 하는 날이면 끝장이다.

좌중에 무거운 침묵이 깔렸다.

부옥령은 입술을 오물거렸다. 뭔가 깊이 갈등할 때 그녀의 버릇인데 몹시 예쁘고 귀엽다.

그녀가 천군성에 기별해서 은자 천오백만 냥을 변통하는 것은 어렵지 않은 일이다.

하지만 이것은 영웅문의 일이다. 여기에 천군성의 돈이 개입하면 일이 복잡하게 꼬여 버린다.

제일 먼저 진검룡에게 돈이 어디에서 생겼는지 밝혀야 하는데 거짓말로 둘러대는 것도 정도가 있다.

한두 푼도 아니고 은자 천오백만 냥이라는 거금을 뭐라고 설명해야 한다는 말인가.

그래서 갈등하고 있는 것이다. 더구나 문제는 그것만이 아니고 줄줄이 생길 것이다.

그때 진검룡이 소소에게 물었다.

"소야, 남창제일부호가 누구냐?"

무불통지인 적인결이 공손히 대답했다.

"천향루입니다."

"아니?"

"어헛!"

적인결이 '천향루'라고 말하자 권부익과 당재원이 깜짝 놀라서 탄성을 터뜨렸다.

진검룡이 의아한 듯 물었다.

"자네가 내게 말했던 그 천향루말인가?"

"그렇습니다."

어젯밤에 적도방이 있는 횡항에서 남창으로 돌아오는 관도 상에서 진검룡은 검황고수들에게 쫓기는 갈의장한을 구해준 적이 있었다.

그때 갈의장한은 자신을 구해주면 술을 사겠다고 제안했으며, 진검룡은 그를 구해주고 나서 전음으로 오늘 밤 남창의 천향루로 오라고 일러주었었다.

그런데 바로 그 천향루가 남창제일부호라는 것이다.

권부익이 어이없는 표정으로 적인결에게 말했다.

"적 총관 자네 뭘 잘못 알고 있는 것 아닌가? 천향루가 남창에서 제일 유명한 주루와 기루이긴 해도 남창제일부호는 아니잖은가?"

"남창, 아니, 강서제일부호 맞습니다, 문주."

"남창도 아니고 강서제일부호라고?"

적인결은 엷은 미소를 지으며 조용한 목소리로 말했다.

"문주께선 천추각(千秋閣)이라고 들어보셨습니까?"

"천추각······."

권부익이 입속으로 중얼거리자 당재원이 가볍게 놀라는 표정을 지었다.

"천십단 중에 하나인 천추각을 말하는 것이오?"

"그렇습니다."

모두의 놀라는 시선이 자신에게 집중되자 적인결은 정중하게 말했다.

"천향루 후원에 천추각 각주 일족이 살고 있는 장원이 있습니다."

"······."

권부익과 당재원, 소소가 혼비백산하고 있을 때 진검룡이 부옥령에게 물었다.

"령아, 그 사람하고 언제 만나기로 했었지?"

갈의장한을 말하는 것이다.

"시각은 정하지 않았어요."

진검룡은 민수림을 보면서 빙그레 미소 지었다.

"수림, 우리가 조금 일찍 가서 그 사람을 기다리고 있는 것이 어떻겠습니까?"

"그러죠."

주루에 가면 술을 마시게 되니까 절대로 마다하지 않는 민수림이다.

문으로 걸어가면서 민수림이 진검룡의 팔을 잡으며 알은척을 했다.

"천향루에 천하오대명주 중에 하나인 수정방(水井坊)이 있다는군요."

아까 민수림이 남창 천향루에 대해서 물어보니까 적인걸이 이런저런 설명을 하다가 수정방 얘기를 했었다. 그래서 민수림은 수정방을 내심 기대하고 있는 중이었다.

진검룡은 문을 나가기 전에 걸음을 멈추고 뒤돌아서더니 누구를 데리고 갈 것인지 고르는 것처럼 사람들을 찬찬히 둘러보았다.

그러자 부옥령이 무리에서 빠져나와 자연스럽게 진검룡 옆에 살며시 섰다.

"소야, 적 총관, 가자."

"네!"

소소와 적인결이 씩씩하게 대답했다.

청랑과 은조는 초조하게 말했다.

"저희들은요?"

권부익과 당재원도 한껏 기대하는 표정이다.

진검룡은 민수림, 부옥령과 어깨동무하고 문을 나가면서 유쾌하게 외쳤다.

"다 같이 가자!"

"와아!"

청랑과 은조가 함성을 터뜨리며 따랐다.

*   *   *

천향루는 유유히 흐르는 적강(積江) 강변 울창한 숲속에 자리를 잡고 있었다.

규모 면에서는 조양문보다 더 크고 웅장했다. 오 층과 삼 층짜리 거대한 두 채의 전각이 나란히 세워져 있으며, 두 전각의 이 층이 통로로 이어져 있는 것이 특이했다.

두 채의 전각은 모양과 크기가 각기 다르며 왼쪽의 오 층이 기루, 오른쪽 삼 층이 주루라고 한다. 기루는 높고 주루는 널

찍한 편이다.

거리 쪽에서는 규모가 큰 이 두 채의 전각만 보이기 때문에 이것이 천향루의 전부인 줄 알고 있다.

그러나 두 채의 전각 우측에는 인공으로 조성한 제법 울창하고 길쭉한 형태의 숲이 있으며, 숲 안쪽에 하나의 장원이 조용히 웅크리고 있다.

적인걸의 말에 의하면 숲 안의 높은 담으로 둘러쳐진 그곳이 바로 천추각주 일족이 살고 있는 장원이라고 한다.

천하십대상단을 줄여서 천십단이라고 하는데 천추각이 그 중 하나라는 것이다.

무작정 천향루에 오긴 왔는데 오늘 밤에 갈의장한을 만나서 술 마시는 일 말고 더 중요한 일이 생겨 버렸다.

천향루는 요리와 술을 마시는 천향주루, 그리고 기녀들이 있는 천향기루라고 불리는데 진검룡 일행은 천향주루 이 층의 어느 방에 자리를 잡았다.

진검룡 일행은 세 개의 탁자를 붙여서 만든 길쭉한 탁자에 둘러앉아서 술을 마시고 있으며, 적인걸이 천추각에 대해서 설명을 하고 있다.

"천추각으로서도 뾰족한 방법이 없습니다. 천십단 중에서 상납하지 않는 상단은 두 군데뿐이니까요."

"거기가 어딘가?"

"그 두 군데를 합쳐서 여의봉래(如意蓬萊)라고 합니다."

진검룡의 물음에 적인결은 막힘없이 대답했다.

진검룡은 여의봉래에 대해서 궁금하지만 그보다는 발등의 불이 더 급했다.

"천추각은 검황천문에 상납하는 건가?"

"천추각의 상권이 천하와 해외에 망라되어 있기 때문에 남천북성에 두루 상납을 하고 있습니다. 상납을 하지 않고는 장사를 하지 못합니다."

"남천북성?"

"남천은 검황천문이고 북성은 천군성입니다."

진검룡은 고개를 끄떡였다.

"아… 알고 있다."

사실 진검룡은 천군성이 북성이라는 정도만 겨우 알고 있을 뿐이지 더 이상은 모른다.

"그래서 천추각은 얼마나 상납하고 있나?"

"남천에 칠, 북성에 삼 수준인데 각각 매월 은자로 오천만 냥과 천오백 냥입니다."

고즈넉하게 술을 마시고 있는 민수림을 제외한 모든 사람이 엄청난 액수에 크게 놀랐다.

진검룡은 콧김을 뿜으며 확인했다.

"매월?"

"그렇습니다. 매월 검황천문에 은자 오천만 냥, 천군성에 은자 천오백만 냥을 상납합니다."

진검룡은 예상했던 것보다 지나치게 엄청난 액수에 혀를 내둘렀다.

"굉장하군. 도대체 천추각은 얼마나 벌기에 상납을 그렇게 많이 하는 거지?"

적인결은 두 손을 앞에 모으고 공손히 대답했다.

"제가 알기로는 천추각 전체의 하루 순수익이 은자 이천만 냥 정도입니다."

"허어… 빌어먹을, 굉장하군."

진검룡은 너무 충격을 받은 탓에 자신도 모르게 예전의 말투가 튀어나왔다.

항주 십엽루의 하루 매출이 은자 천칠백만 냥에 순이익이 은자 삼백오십만 냥이다.

그런데 천추각은 이천만 냥이라니까 십엽루에 비해서 거의 여섯 배나 더 많이 벌어들인다.

그것이 천하십대상단인 천십단과 천하삼십상역인 천삼역의 차이다.

그렇다면 천추각은 이틀 반 동안에 벌어들인 순이익 은자 오천만 냥을 매월 검황천문에 상납하고 있는 것이다.

어찌 보면 겨우 이틀 반 치의 순이익이므로 별것 아니라고 생각할 수도 있다.

그러나 그것을 달리 말하면 천추각에 소속된 각 방면의 수만 명 일꾼들이 이틀 반 동안 피땀 흘려서 번 돈을 상납하고 있다는 뜻이 된다.

당연한 얘기지만 검황천문은 손가락 하나 까딱하지 않고 거저먹는 돈이다.

천추각의 하루 순이익 은자 이천만 냥이면 조양문의 증축 공사는 물론이고 조양문과 청검문이 남창무림을 일통하는 데 소요되는 비용에 차고도 넘친다.

"그런데……."

진검룡은 말하다가 민수림과 술잔을 부딪치고 나서 한 잔을 단숨에 비웠다.

"천추각이 검황천문과 천군성에 바치는 상납금이 어째서 그렇게 큰 차이가 나는 것이냐?"

적인결은 기다렸다는 듯이 즉시 대답했다.

"천군성은 상납금을 받지 않는 것을 원칙으로 하고 있어서 상납 금액을 정하지 않았습니다."

"천군성이 상납금을 받지 않는 것을 원칙으로 한다고? 그건 왜 그런 거지?"

진검룡은 이해할 수 없다는 표정을 지었다.

"두 가지 이유가 있는 것 같습니다."

"말해봐라."

"첫째, 천십단 중에 여의단(如意團)이 천군성 소유입니다."

"그래?"

"규모로 치자면 여의단은 천추각의 일곱 배 정도입니다. 천하제일부호입니다."

"허어……."

"봉래궁(蓬萊宮)이 그 뒤를 잇고 있으며 규모는 천추각의 약 다섯 배 정도입니다."

진검룡은 흥미가 바짝 당겼다.

"그럼 봉래궁은 검황천문 것인가?"

"아닙니다."

"아냐?"

천십단 중에서 규모가 가장 큰 여의단이 북성 천군성 소유라면 두 번째 규모라는 봉래궁은 검황천문 소유여야 앞뒤가 맞다고 진검룡은 생각했다.

"봉래궁은 어디에도 속하지 않습니다."

"그런데 어째서 상납금을 내지 않지?"

"그것까지는 모르겠습니다."

천하무불통지인 적인결도 이때만큼은 씁쓸한 표정으로 고개를 가로저었다.

그때 부옥령이 조용히 중얼거렸다.

"봉래궁은 창룡왕(蒼龍王) 소유예요."

"아……."

"설마……."

사람들이 크게 놀라는데 창룡왕이 누구인지 모르는 진검

룡만 멀뚱한 표정이다.

옆에 앉은 부옥령이 진검룡에게 전음으로 설명했다.

[창룡왕은 당금 대명황제의 친제(親弟)이며 강소성 북부 지역에 영지를 지니고 있어요.]

진검룡은 적잖이 놀라는 얼굴로 부옥령을 쳐다보았다. 그리고 그녀의 전음을 듣고 봉래궁이 어째서 남천북성에게 상납금을 내지 않는지 짐작하게 되었다.

천하의 주인이며 만백성의 하늘인 대명황제의 친동생이 소유한 봉래궁에게 남천북성이라고 한들 어찌 겁도 없이 상납금을 내라고 하겠는가.

소소가 대화를 정리했다.

"천추각이 검황천문에 상납하는 매월 은자 이천만 냥을 우리에게 돌릴 수만 있다면 만사 해결할 수 있어요."

"방법이 뭐냐?"

"설득하는 거예요."

진검룡은 의아한 표정을 지었다.

"설득?"

소소는 자신 없는 표정으로 말했다.

"검황천문에 상납금을 내지 말고 우리에게 내라고 설득하는 거예요."

"누구에게? 천추각주에게 말이냐?"

"네."

"천추각주가 지금 어디에 있느냐?"

소소는 후원이 있는 쪽 창을 쳐다보았다.

"어디에 있겠죠."

진검룡은 어이없는 표정을 지었다.

"너, 책사 맞냐?"

소소는 얼굴을 붉히며 고개를 숙였다.

"죄송해요. 천추각주에 대해서는 아는 게 없어서요."

그러자 모두의 시선이 적인결에게 집중됐다. 무불통지인 그가 천추각주에 대해서 뭔가 알고 있지 않을까 하는 기대의 눈빛이다.

적인결은 씁쓸한 표정을 지었다.

"천추각주는 사십 대 중반의 남자이며 부인과 딸, 그리고 다수의 처갓집 식구들과 함께 살고 있습니다."

지금 적인결이 말하는 내용은 세상에 거의 알려지지 않은 사실이다.

적인결의 얼굴이 더욱 진중해졌다.

"소문에 의하면 천추각주가 다섯 명의 부인을 거느리고 있으며 다섯 부인은 자매지간이라고 합니다. 어디까지나 소문일 뿐입니다."

"부인이 다섯 명이라고?"

"천추각주는 호색한이로군?"

권부익과 당재원이 말하자 부옥령이 차가운 얼굴로 그들을 꾸짖었다.

"천추각주가 잘난 사내인가 보지. 사내가 영웅이면 삼처사 첩이 무슨 대수야? 안 그래?"

부옥령은 진검룡이 민수림만 정실부인으로 받아들일까 봐 염려스러워서 하는 말이다.

진검룡은 부옥령에게 추호의 이성적인 마음이 없는데도 그녀 혼자 냉수를 마시고 있다.

진검룡이 진지한 표정으로 적인결에게 말했다.

"적 총관, 계속 말해라."

그가 말을 끊자 부옥령은 입술을 삐죽 내밀었다가 탁자 아래로 그의 허벅지를 살짝 꼬집었다.

그러나 진검룡은 끄떡도 하지 않고 그녀의 손을 커다란 손으로 덮고는 가만히 토닥거렸다.

단지 그것뿐인데도 부옥령은 가슴이 따뜻해지고 눈물이 핑 돌아서 아련한 표정을 지었다.

"천추각주의 다섯 부인을 천추오봉(千秋五鳳)이라고 하는데 그녀들이 천추각의 실무를 맡아서 천하를 누빈다고 합니다만 이것도 소문일 뿐입니다."

진검룡이 딱 잘라서 물었다.

"오늘 밤에 천추각주를 만날 수 있느냐?"

"그건……."

적인결이 찔끔해서 말을 흐렸다.

진검룡은 잠시 생각하다가 고개를 끄떡였다.

"이따가 내가 한번 들어가 봐야겠군."

모두들 깜짝 놀라는데 부옥령이 정색으로 말했다.

"그러지 마세요. 좋지 않아요."

"어째서?"

부옥령은 진검룡 허벅지에 손을 얹은 채 공손히 말했다.

"우리는 천추각에 도움을 받아야 하는 입장인데 도둑이나 강도처럼 무단침입을 하는 것은 예의가 아니에요. 일부러 그들의 심기를 불편하게 만들어서야 되겠어요?"

민수림을 제외한 모두들 고개를 끄떡이며 동감했다.

진검룡은 부옥령 덕분에 한 가지 사실을 깨닫고 그녀의 손등을 가만히 쓰다듬으며 고맙다는 뜻을 전했다.

그런데 술 한 병을 마시고 난 민수림이 조용히 말했다.

"틀렸어요."

그녀는 빈 술병을 들어서 흔들어 보이며 술이 떨어졌음을 알리고 나서 말했다.

"우리가 저자세일 필요는 없어요."

"무슨 뜻입니까?"

"검황천문에 매달 은자 오천만 냥을 상납해야 한다는 것은 매우 큰 지출이에요. 그러니까 그걸 줄일 수 있다면 천추각으로선 쌍수를 들어 환영할 거예요."

"아아……! 그렇군요."

진검룡의 머릿속이 환하게 밝아졌다.

"우리가 필요한 돈은 최초에 은자 천오백만 냥이고 그 이후로는 매달 삼백만 냥만 있으면 되니까 천추각으로선 큰 액수를 절약할 수 있는 기회로군."

그는 빙긋 웃었다.

"그렇다면 천추각주하고 동등한 자격으로 대화할 수 있겠군."

민수림이 그의 빈 잔에 술을 따르면서 배시시 미소 지었다.

"최초에 은자 오천만 냥, 그다음부터 매달 은자 삼천만 냥을 달라고 하세요."

진검룡은 적잖이 놀랐다.

"그게 무슨 말입니까?"

다들 놀라는데 부옥령과 소소만 알 것 같다는 표정으로 빙그레 웃었다.

민수림은 술을 매우 맛있게 마셨다.

"내 생각으론 그렇게 해야 할 것 같아요."

"무슨 말인지 도통……."

진검룡이 고개를 갸웃거리자 부옥령이 소소에게 말했다.

"네가 주군께 설명해 드려라."

술을 마시지 못하는 소소는 두 손을 얌전하게 무릎 위에 모으고 공손히 설명했다.

"크게 세 가지 이유 때문이에요. 첫째, 액수를 적게 요구하면 천추각이 우리를 돈푼이나 뜯어먹으려는 날파리로 여기게 될 거예요. 똑같은 물건인데도 싼 가격보다는 비싼 가격에 손이 먼저 가는 것과 같은 이치예요."

"그렇구나."

진검룡은 알 것 같은 표정으로 고개를 끄떡였다.

"둘째, 우리로서는 다다익선(多多益善)이에요. 돈은 많을수록 좋은 거예요. 돈이 많으면 세력을 더 넓히고 더욱 강해질 수 있어요."

"옳다."

"셋째, 우린 천추각에게 공짜로 돈을 받는 것이 아니에요. 천추각이라는 거대한 상단을 검황천문으로부터 보호하고 정당한 대가를 받는 거지요."

"네 말이 맞다."

진검룡은 더 크게 고개를 끄떡이고서 물었다.

"최초에 은자 오천만 냥이고 그 후에는 매달 은자 삼천만 냥씩으로 정한다."

"알겠어요."

권부익과 당재원, 적인결은 대화가 일사천리로 진행되니까 어리둥절했다.

그때 문밖에서 점소이의 목소리가 들렸다.

"말씀하신 손님을 모셨습니다."

"알았다."

아까 들어올 때 갈의장한의 인상착의를 말해주고 그가 오면 좋은 방으로 안내하라고 일렀었다.

진검룡이 일어서니까 민수림과 부옥령이 자동으로 따라서 일어났다.

第百五章

괴짜 정천영

진검룡과 민수림, 부옥령은 점소이가 안내한 이 층의 방으로 들어갔다.

　갈의장한은 밖을 내다보고 있다가 벌떡 일어나서 진검룡 등을 보고 환하게 웃었다.

　"하하하! 어서 오게."

　"오래 기다렸소?"

　"아니, 나도 금방 왔네."

　진검룡과 갈의장한은 마치 십년지기처럼 다정하게 인사를 주고받았다.

　갈의장한, 아니, 지금은 평범한 황의단삼을 입고 있는 사내의 시선이 민수림과 부옥령을 번갈아 쳐다보았다.

그는 어젯밤 횡항에서 남창으로 향하는 관도에서 검황고수들에게 포위당한 상황에서도 민수림과 부옥령을 뚫어지게 쳐다봤었다.

다른 사람, 특히 남자들은 민수림과 부옥령의 절세적인 미모를 힐끗거리면서 보는데 이 사내는 아예 대놓고 보면서 감탄을 하고 있다.

그는 진검룡을 살피기도 하는데 민수림과 부옥령을 쳐다보는 것에 비할 정도는 아니다.

그렇다고 해서 상대가 불쾌하게 여길 정도는 아니라서 그게 이상하다.

지금 이 사내처럼 대놓고 뚫어지게 쳐다보면 기분이 나빠야 하는데 그렇지가 않다.

어쩌면 사내의 사람 좋아 보이는 훈훈한 미소와 누가 봐도 선한 사람처럼 보이는 인상 때문일 것이다.

아니, 그런데 그것은 진검룡에게만 국한된 일인가 보다.

민수림의 착 가라앉은 잔잔한 목소리가 진검룡의 그런 생각을 여지없이 깨버렸다.

"검룡, 저자를 죽여도 되나요?"

황의사내는 어? 하는 표정을 짓더니 미소 띤 얼굴로 민수림에게 물었다.

"나를 죽이고 싶소?"

"그렇다."

민수림은 거침없이 하대를 했다.

"어째서 죽이고 싶은 거요?"

"나와 좌호법을 무례하게 쳐다보고 있잖느냐?"

"단지 쳐다보는 것만으로 사람을 죽인다는 말이오?"

"내 마음이다."

황의사내는 포권을 하면서 정중하게 고개를 숙였다.

"불쾌했다면 미안하오. 그러나 그대들이 지나치게 아름다워서 내 눈길을 사로잡은 탓도 있으니 순전히 내 죄 때문만은 아니라고 할 수 있소."

이번에는 부옥령이 서슬이 퍼렇게 꾸짖었다.

"그게 무슨 궤변이냐? 그렇다면 네 말은 아름다운 우리에게 죄가 있다는 말이냐?"

부옥령도 거침없이 하대다. 민수림이 하대를 했기 때문에 그녀도 따라서 하는 것이 아니다.

그녀는 줏대 없이 누굴 따라서 하는 성격이 아니다. 그런 점에서 둘은 성격이 비슷했다.

아니, 어쩌면 예전에 그녀들의 성격이 서로에게 영향을 미쳤을 것이다.

황의사내는 온화하게 웃었다.

"천만의 말씀이오. 그대들이 아름다운 것이 죄라면, 하늘에 떠 있는 태양과 달도 죄가 있고 정원에 피어 있는 예쁜 꽃

들도 죄다 엄중한 죄가 있는 것이오. 그리고 그것들을 쳐다본 죄로 나는 죽어야 하는 것이오."

청산유수다.

"그러나 나는 한 가지 사실을 깨달았소. 태양과 달, 꽃들을 쳐다보면 화를 내지 않지만 그대들을 쳐다보면 화를 낸다는 사실을 말이오."

민수림과 부옥령은 싸늘한 표정을 지우지 않았다.

황의사내는 자신의 유창한 언변에도 두 여자의 표정이 풀어지지 않자 조금 당황하는 것 같았다.

보통 이 정도 밀고 당기는 언변이면 상대가 아무리 예쁘고 오만한 여자라고 해도 어이가 없어서라도 제풀에 웃고 마는데 민수림과 부옥령은 끄떡도 하지 않았다.

그는 포권한 손을 민수림과 부옥령에게 두루 내민 후에 정중히 고개를 숙였다.

"진심으로 사과하겠소. 용서하시오."

분위기가 어색해지는 것을 원하지 않는 진검룡은 껄껄 웃으면서 황의사내에게 앉기를 권했다.

"하하하! 자! 앉읍시다."

진검룡과 민수림이 나란히 앉고 부옥령이 의자를 끌어다가 진검룡 옆에 앉았다.

그런데 황의사내는 민수림과 부옥령이 진검룡 좌우에 앉는 것을 보고 약간 불만인 것처럼 말했다.

"보통 이럴 때는 각각 두 명이 나란히 앉아서 서로 마주 보지 않소? 그래야 짝이 맞기도 하고 말이오."

민수림이나 부옥령 중에 한 명이 자신의 옆에 앉아야 한다는 뜻이다.

부옥령이 발끈하려는 것을 진검룡이 탁자 아래에서 그녀의 허벅지를 꾹 눌러서 발작하지 못하게 하고 황의사내를 보며 껄껄 웃었다.

"하하하! 형장의 말이 옳소."

민수림은 진검룡의 정인이니까 옆에 앉혀야 하지만 부옥령은 수하니까 예의상 황의사내 옆에 앉히는 것도 나쁘지 않다고 생각했다.

진검룡은 누르고 있는 부옥령의 허벅지를 놓았다.

"령아, 네가 형장 옆에 앉아라."

"네에?"

부옥령은 얼마나 놀랐는지 자세에서 펄쩍 튀어 올랐다.

"저… 저… 저더러 저자 옆에 앉으라고 하셨나요?"

그녀는 목소리가 바들바들 마구 떨리고 말까지 더듬었다. 대범함으로는 진검룡을 능가하는 그녀가 몹시 놀라고 당황했다는 뜻이다.

진검룡은 부옥령이 이렇게까지 거부 반응을 일으킬 것이라고는 예상하지 못했다.

"령아, 왜 그러느냐?"

부옥령은 일어선 채 바들바들 떨기만 할 뿐 너무 분하고 억울해서 아무 말도 하지 못했다.

민수림이 눈을 내리깔고 차갑게 부옥령에게 명령했다.

"좌호법, 검룡 옆에 앉아요."

"네……."

부옥령은 민수림이 너무 고마워서 왈칵 눈물을 쏟으면서 자리에 앉았다.

부옥령이 앉으면서 진검룡을 하얗게 흘겨보는 것을 본 사람은 맞은편에 앉은 황의사내뿐이다.

황의사내가 꼿꼿한 자세로 포권을 하고 고개를 숙였다.

"어제는 도움을 줘서 고맙네."

진검룡이 웃으면서 부옥령 어깨에 손을 얹었다.

"우리는 가만히 있고 령아가 다 했소."

황의사내는 부옥령에게 포권하며 고개를 숙였다.

"정말 고맙소."

부옥령은 대꾸하지 않고 고개를 약간 치켜들며 외면했다.

그런데도 황의사내는 여전히 미소 지으며 부드러운 목소리로 물었다.

"낭자의 방명이 무엇이오?"

부옥령은 대꾸도 하지 않고 진검룡과 민수림 잔에 술을 따르려다가 공손히 물었다.

"수정방 어떤가요?"

수정방은 천하오대명주로 이곳 천향루에서 자랑하는 최고의 명주다.

민수림은 고개를 끄떡였다.

"괜찮아요."

"그렇죠?"

"초강주보다는 덜 독하지만 주향이 마음에 들어요."

"저도 주향이 좋아요. 소저께선 초강주와 수정방 둘 중에 어느 술이 좋은가요?"

"둘 다 좋아요. 이 술이 조금만 더 독하면 초강주보다 마음에 들 테지만요."

황의사내는 자신이 부옥령의 이름을 물었는데 그녀들이 딴청을 하는데도 전혀 불쾌하지 않은 것 같았다. 그는 심지어 미소 지으며 그녀들의 대화에 참견까지 했다.

"초강주만큼 독하지만 수정방만큼 주향이 좋은 술이 있는데 마시고 싶소?"

민수림과 부옥령은 똑같이 황의사내를 쳐다보았다.

그녀들은 황의사내를 탐탁하게 여기지 않지만 그가 술 얘기를 하는 바람에 조금 흥미가 생겼다.

황의사내는 여자들의 대답을 듣지 않고 점소이를 불러서 술을 주문했다.

"설로주(雪露酒)를 가져와라."

점소이는 의아한 표정을 지었다가 고개를 갸웃거리더니 이

옥고 고개를 가로저었다.

"손님, 저희 주루에 그런 술은 없습니다."

"없긴 왜 없어? 네가 모르는 거지."

"정말입니다. 소인이 이곳에 삼 년 동안 있었지만 설로주라는 술 이름은 들어본 적이 없습니다."

황의사내는 손을 저었다.

"됐으니까 양이랑(梁姨娘)을 불러와라."

"네에? 양이랑을 어떻게 아십니까?"

점소이는 그 자리에 얼음이 돼버렸다가 잠시 후에 조심스럽게 문을 닫고 나갔다.

황의사내는 술병을 진검룡에게 내밀었다.

"오늘은 내가 살 테니까 얼마든지 마시게."

"그럽시다."

황의사내는 진검룡의 잔에 자신의 잔을 가볍게 부딪치고는 넌지시 물었다.

"자네 이름이 뭔가?"

"진검룡이오."

황의사내는 고개를 끄떡였다.

"좋은 이름이군."

그는 진검룡이라는 이름을 모르는 모양이다. 하긴 진검룡은 이름보다는 전광신수나 영웅쌍신수로 더 많이 알려졌으므로 모를 수도 있다.

"나는 정천영(鄭天英)이라고 하네."

진검룡과 민수림, 부옥령은 그런 이름을 처음 들어본다. 무림에 대해서 거의 모르는 것이 없는 부옥령이 처음 듣는 이름이라면 그가 유명하지 않은 것이거나 아니면 진짜 이름을 밝히지 않은 것인지도 모른다.

민수림과 부옥령은 황의사내 정천영에게 관심조차 없다는 듯 시선을 다른 데 주고 술만 마셨다.

그때 문 밖에서 급박한 발소리가 나더니 문이 열렸다.

그리고 삼십 대 중반의 여인 한 명이 들어와서 실내를 살피다가 정천영을 발견하고는 크게 놀라 그 자리에 공손히 무릎을 꿇었다.

"정 대인께서 오셨는지 모르고 있었습니다. 큰 죄를 지었으니 용서하십시오……!"

정천영은 사람 좋게 웃으면서 손을 저었다.

"이 사람아, 손님들 계시는데 날 당황시키려는가? 어서 일어나게."

여인 양이랑은 조심스럽게 일어나서도 고개를 들지 못하고 전전긍긍 어쩔 줄 몰랐다.

"그래, 설로주는 갖고 왔나?"

정천영의 말에 양이랑은 정신이 번쩍 들어서 뒤따라 들어온 점소이를 채근했다.

"무엇 하느냐? 어서 이리 다오."

"아… 네."

양이랑은 점소이에게서 청옥으로 만든 술병을 받아서 두 손으로 공손히 탁자에 내려놓고는 공손히 말했다.

"더 시키실 일은 없으신가요?"

정천영은 미소 지었다.

"필요하면 부르겠네."

양이랑이 나가자 정천영은 설로주 술병을 집어 들었다.

"자, 이게 설로주요."

진검룡과 민수림, 부옥령은 정천영이 이곳 천향루의 단골일 것이라고 짐작했다.

조금 전에 왔다 간 양이랑은 이 주루의 독가(獨家:지배인)쯤 되는 듯했다.

양이랑이 무릎을 꿇고 전전긍긍하는 것은 좀 지나친 면이 있는 것 같지만 정천영이 손님들과 같이 있으므로 그렇게 하는 것이 그의 체면을 살려주는 것일 수도 있다.

뽕!

정천영이 술병 마개를 따자 술 향기가 금세 실내에 자욱하게 퍼졌다.

진검룡 등은 술 향기만으로 설로주가 매우 좋은 술이라고 직감했다.

좋은 술은 네 가지가 좋아야 하는데 첫째가 주향이고, 둘째가 술맛이고, 셋째가 목 넘김이 좋아야 하며, 넷째가 다음

날 뒤끝이 깔끔해야 한다.

그런데 설로주의 주향은 진검룡과 민수림이 지금까지 마셔본 술 중에서 첫손가락에 꼽을 만했다.

정천영은 새 술잔 세 개에 설로주를 따라서 진검룡과 민수림, 부옥령 앞에 놓아주었다.

세 개의 술잔에서 풍겨 나온 주향이 세 사람의 후각을 강하게 자극했다.

굳이 정천영의 설명이 아니더라도 설로주의 향기는 뭐라고 설명할 수 없을 만큼 좋았다.

정천영이 손으로 마시라는 시늉을 해 보였다.

"드시오."

진검룡이 술잔을 들자 기다리고 있던 민수림과 부옥령도 술잔을 들어 코앞에 가져갔다.

"검룡……."

술잔을 입 앞에 대고 있는 민수림은 뜻밖이라는 표정으로 진검룡을 바라보았다.

진검룡은 그녀가 왜 그러는지 안다. 주향이 지금껏 마셔본 어떤 술보다 좋기 때문이다.

만약 술을 마셔봐서 입맛에 딱 맞는다면 술을 좋아하는 민수림에게 그보다 더 좋은 일은 없을 터이다.

진검룡은 같이 마시자는 뜻으로 술잔을 살짝 들었다가 입으로 가져가 천천히 마셨다.

민수림에 이어서 부옥령도 같은 동작으로 천천히 음미하면서 마셨다.

*   *   *

정천영은 이제 곧 무슨 일이 벌어질지 안다는 듯 입가에 미소를 지으며 세 사람을 묵묵히 응시했다.

진검룡은 입에서 술잔을 떼고 설로주의 뒷맛을 음미하려고 혀로 입술을 핥았다.

식도와 배 속이 따뜻하고 음유한 기운이 퍼지면서 입안과 콧속, 그리고 인후에 설로주의 그윽한 후향(後香)이 잔잔하게 아른거렸다.

후향 즉, 술을 마신 뒤에 그 잔향(殘香)이 남는 것을 말하는데, 그윽하고 좋은 향기가 오랫동안 남으면서 심신을 맑게 해주는 것이 최상이고, 잔향이 오래 남으면서 갈수록 찝찔한 느낌을 더하는 것이 최하다.

보통의 좋은 술은 좋은 향기가 입안에 은은하게 맴돌다가 어느 순간 씻은 듯이 사라진다. 이런 술을 두고 뒤끝이 깨끗하다고 평가한다.

그런데 설로주는 뒤끝이 깨끗하면서도 잔향이 아주 오랫동안 남아 있다.

이런 최상의 술은 일평생 마셔보기 어렵지만 한번 마시면 죽을 때까지 잊지 못한다.

진검룡과 민수림은 빈 잔을 손에 쥔 채 눈을 감고 한동안 가만히 음미하고 있다.

술을 그다지 좋아하지 않다가 진검룡과 민수림을 만난 이후부터 부쩍 술을 좋아하게 된 부옥령은 늦게 배운 도둑질에 도낏자루 썩는 줄 모른다고 요즘은 두 사람보다 더 주흥에 젖어 있는 실정이다.

부옥령은 원래 크고 아름다운 두 눈을 조금 더 크게 뜨고 진검룡과 민수림을 바라보다가 다시 자신도 모르게 시선을 정천영에게 주었다.

정천영은 부옥령의 얼굴에 몹시 감탄하는 표정이 떠오른 것을 보고 빙그레 미소 지었다.

"입에 맞소?"

부옥령은 조금 전까지 자신이 정천영을 홀대했다는 사실을 망각하고 무심코 고개를 끄떡였다.

"네."

진검룡이 눈을 뜨고 잔을 내려놓으며 탄성을 터뜨렸다.

"햐아……! 내가 마셔본 술 중에서 단연 최고 수준이외다!"

그는 눈을 뜬 민수림에게 물었다.

"수림은 어떻습니까?"

"맛있어요."

"입에 맞습니까?"

"주향과 세기가 적당해요."

진검룡은 빙그레 미소 지었다.

"다행이오."

민수림은 눈을 빛냈다.

"주향과 맛은 다르지만 혀와 입술, 인후를 감싸는 술의 느낌이 작로주(灼露酒)와 비슷한 것 같아요."

진검룡은 고개를 끄떡였다.

"나도 그런 느낌을 받았습니다."

정천영이 빙그레 웃으면서 말했다.

"아하! 작로주를 드셔보았구려. 그렇다면 혹시 이 설로주와 작로주, 그리고 송로주(松露酒)를 명삼로주(名三露酒)라고 한다는 사실을 알고 있소?"

진검룡은 반색했다.

"그렇소? 나는 처음 알았소."

민수림과 부옥령도 흥미롭다는 표정을 지었다.

정천영은 술잔을 들면서 예의 푸근한 미소를 지었다.

"그렇다면 이 설로주를 다 마시고 나서 송로주를 마시는 것은 어떻소?"

주당인 진검룡과 민수림, 부옥령은 귀가 번쩍 뜨였다.

"송로주요?"

"그렇네."

"송로주가 여기에 있다는 말이오?"

정천영은 고개를 끄떡였다.

"있을 것이오."

진검룡은 문득 항주에서 마셔본 작로주 한 병 가격이 꽤 비쌌던 것을 기억해 냈다.

그때 십엽루주 현수란이 갖고 왔었는데 정확하게 얼마인지는 모르지만 비쌌을 것이라는 기억이 남아 있다.

진검룡이 정천영에게 설로주 술병을 가리키며 물었다.

"이거 한 병에 얼마요?"

"글세… 나는 모르겠네. 궁금하면 이따 양이랑에게 송로주를 주문하면서 물어보겠네."

정천영은 술병을 쥐고 부옥령에게 내미는 동작을 했다.

"더 하시려오?"

부옥령은 공손히 민수림을 가리켰다.

"소저께 먼저 권해라."

정천영은 싱글벙글 웃으며 넙죽 고개를 숙였다.

"네~! 소저~!"

"그만하지 못해?"

그가 하인처럼 부옥령을 떠받들자 부옥령은 발끈했으나 정말 싫어서 하는 반응이 아니다.

설로주를 마시게 해주었기 때문이기도 하지만 정천영의 행동이 그리 밉지 않았다.

설로주 한 병을 게 눈 감추듯이 다 비우고 정천영이 다시 양이랑을 불렀다.

사실 설로주 한 병을 네 사람이 마시니까 한 사람당 석 잔씩밖에 나오지 않았다.

시쳇말로 입맛만 버린 것이어서 진검룡 등은 입맛을 다시면서 요리에는 손도 대지 않았다.

양이랑이 부름을 받고 점소이를 거느리고 왔다.

"부르셨어요?"

정천영이 민수림과 부옥령을 한 번씩 쳐다보고는 양이랑에게 넌지시 물었다.

"양이랑, 송로주 있지?"

양이랑은 고개를 숙였다.

"정 대인께서 맡겨놓으신 것뿐입니다."

"그게 아직도 있나?"

"그럼요. 정 대인께서 맡겨놓으신 것인데요."

"그럼 거기에서 조금만 갖고 오게."

조금만 갖고 오라는 말에 진검룡과 민수림, 부옥령의 미간이 좁아졌다.

세 사람 얼굴에는 정천영이 쪼잔하게 군다는 기색이 역력하게 떠올랐다.

진검룡이 노골적으로 불쾌한 기분을 드러냈다.

"거, 한두 병 가져오려면 아예 가져오지 마시오."

민수림과 부옥령은 고개를 끄떡였다.

정천영은 미소를 지으며 양이랑에게 물었다.

"내가 맡겨놓은 술이 얼마나 있나?"

"명삼로주 말씀인가요?"

"그래."

"각각 한 수레 분량씩 그대로 창고에 있습니다. 정 대인께서 그동안 오시지 않았기에……."

진검룡과 민수림, 부옥령은 놀라서 눈을 크게 떴다.

'한 수레씩이나…….'

정천영은 양이랑을 나무랐다.

"아니, 손님들에게 팔라고 하잖았나?"

양이랑은 손사래를 쳤다.

"아유! 정 대인께서 맡겨놓으신 술을 어찌 감히……."

정천영은 진검룡에게 느긋한 자세로 물었다.

"얼마나 마시겠나?"

진검룡은 더 느긋하게 대꾸했다.

"많을수록 좋소."

*　　　　*　　　　*

잠시 후에 탁자에 명삼로주 설로주, 작로주, 송로주가 그득하게 놓였다.

다 합하면 족히 사오십 병은 되는 것 같아서 진검룡과 민수림, 부옥령은 좋아서 죽을 지경이다.

양이랑이 나가기 전에 부옥령이 슬쩍 지나가는 말처럼 물어보았다.

"이봐, 이 술 가격이 얼마나 하지?"

양이랑이 공손히 대답했다.

"작로주가 오십 냥이고, 설로주 백 냥, 그리고 송로주는 이백 냥입니다."

"은자로 말이야."

"네. 은자입니다."

"……"

진검룡과 부옥령은 너무 놀라서 자신도 모르게 들고 있던 술잔을 내려놓았다.

그러나 민수림은 아무렇지도 않은 듯 술을 마셨다. 그녀는 술값이 얼마든 전혀 신경 쓰지 않고 오로지 술맛만 음미하느라 여념이 없다.

정천영이 빙그레 웃으며 말했다.

"오늘 술은 내가 산다고 했으니까 괘념치 말고 마음껏 마시도록 하시오."

진검룡과 민수림, 부옥령은 명삼로주를 돌아가면서 부지런히 열 병을 마시고 나서야 양이 조금 차는지 술 마시는 속도가 눈에 띄게 느려졌다.

진검룡이 민수림 잔에 술을 따르며 정천영에게 지나가는 말처럼 물었다.

"다친 건 좀 어떻소?"

정천영은 술잔을 들면서 빙그레 웃었다.

"일찍 물어보는군. 큰 상처가 아니라서 괜찮네."

"왼쪽 옆구리 상처는 내장을 다쳤을 것 같던데 이렇게 술을 마셔도 되는 것이오?"

정천영은 어? 하는 표정을 짓더니 진지하게 물었다.

"자네, 나 좋아하나?"

진검룡은 어이없는 표정을 지었다.

"왜 그렇게 생각하는 거요?"

"나한테 관심이 많은 것 같아서 말이네."

진검룡은 잠시 정천영에 대해서 생각해 보았다. 오늘 두 번째 만난 그에게 호감이 가는 것은 사실이다.

직감이랄까, 그는 악인이 아닐 것 같다. 아니, 앞으로 좋은 인연이 될 것 같았다.

진검룡은 고개를 끄떡였다.

"그렇소. 귀하를 좋아하게 될 것 같소."

정천영은 전혀 놀라지 않았다.

"그럴 줄 알았네."

진검룡은 조금 어이없는 표정을 지었다.

"어째서 당연한 것처럼 말하는 것이오?"

정천영은 벙긋 웃었다.

"지금껏 살아오면서 날 싫어하는 사람을 한 명도 본 적이 없었거든."

진검룡은 그가 뻔뻔하다기보다는 저 정도로 자신 있게 말할 수 있을 만큼 좋은 사람일 것이라는 생각이 들었다.

"왜 검황고수들에게 쫓겼소?"

진검룡의 물음에 정천영은 대수롭지 않게 대답했다.

"살명부(殺冥簿)에 이름이 올라서 그러네."

살명부는 살명부라는 이름 그대로 검황천문이 최우선으로 죽여야 할 인물들의 이름을 적어놓은 책자이다.

남천에 저항하거나 강남무림을 어지럽히는 사파, 마도, 요계의 인물들이 대부분인데 살명부에 이름을 올리는 일은 검황천문의 흑명부(黑冥府)에서 맡아서 한다.

진검룡은 살명부에 대해서 강비에게 들은 적이 있다.

"왜 살명부에 올랐소?"

"하하하! 내가 겸황천굴(鎌黃泉窟)에 밉보여서 그러네."

검황천문에 원한이 있거나 같잖게 여기는 사람들이 겸황천굴이라고 부르는데 정천영도 그렇게 불렀다.

"헛헛헛! 어쩌다 보니까 살명백인(殺冥百刃)에 올라 있는 신세가 됐다네."

"살명백인은 뭐요?"

부옥령이 설명했다.

"살명부에 오른 수천 명 중에서 가장 먼저 죽여야 할 백 명을 가리키는 거예요."

정천영이 마치 남의 일처럼 시큰둥하게 말했다.

"내가 드디어 거기에 백 위로 이름을 올렸다네."

진검룡은 껄껄 웃었다.

"하하하! 축하하오. 그런데 살명백인의 일 위는 누구요?"

"얼마 전까지는 천상옥녀였는데 지금은 전광신수라는 자가 일 위로 등극했네."

"푸웁!"

진검룡은 술을 마시다가 웃음이 터져서 정천영에게 마시던 술을 뿜어버렸다.

진검룡 입안에 있던 술이 자신의 얼굴에 온통 뿌려졌는데도 정천영은 태연히 수건으로 얼굴을 닦았다.

"왜 그러나?"

"미안하오. 그런데 천상옥녀가 누구요?"

민수림은 술을 마시다가 조금도 궁금하지 않은 얼굴로 정천영을 바라보았다.

그리고 부옥령은 민수림이 어떻게 반응을 하는지 보기 위해 그녀를 쳐다보았다. 바로 그녀가 천상옥녀이기 때문이다.

"자네, 천군성주를 모른다는 말인가?"

진검룡은 놀라는 표정을 지었다.

"오호……! 그럼 천군성주가 여자라는 말이오?"

"그런 것도 모르다니, 자네가 그러고도 무림인이라고 자처할 수 있나?"

"미안하오."

진검룡은 일단 사과하고 나서 또 물었다.

"그럼 살명백인의 이 위가 천상옥녀요?"

"그렇다네. 원래 일 위였다가 전광신수가 놀랍도록 빠른 속도로 치고 올라오는 바람에 얼마 전에 이 위로 밀려났다네. 삼위는 철옥신수라는 여자이고, 사 위는 무정신수(無情神手)라는데 그 사람도 여자일세."

"풉!"

진검룡은 철옥신수가 살명백인 삼 위라는 말에 또다시 술을 뿜으려다가 급히 손으로 입을 막았다.

철석간담 부옥령도 이 일이 우스운지 웃음을 참으려고 입꼬리가 씰룩거렸다.

철옥신수라면 민수림이 아닌가. 그래서 민수림을 쳐다봤는데 그녀는 태연히 술만 마시고 있다.

마치 자신의 별호가 철옥신수라는 사실을 모르고 있는 것 같은 행동이다.

정천영이 의아한 표정을 지었다.

"왜 자꾸 그러는 건가?"

"무정신수는 누구요?"

"항주 영웅문 좌호법이라는데 손속이 잔인한 데다 대단한 절정고수라고 하더군."

"푸학!"

이번에는 부옥령이 술을 입속에 쏟아부었다가 정천영 얼굴에 직통으로 냅다 뿜어버렸다.

第百六章

신비한 팔찌

"어허… 이것 참!"

정천영은 화를 내지 않고 수건으로 얼굴을 닦았다. 그는 어지간해서는 화를 내지 않는 사람 같았다.

검황천문의 살명백인 일 위와 삼 위, 사 위가 진검룡과 민수림, 부옥령이라는데 진검룡과 부옥령으로서 어찌 우습지 않겠는가.

그런데 부옥령이 볼 때는 천상옥녀가 민수림이니까 살명백인의 일 위부터 사 위까지가 죄다 진검룡과 민수림, 부옥령이 도맡아 버린 것이다.

진검룡이 웃으면서 물었다.

"살명천부에 수천 명의 이름이 올라 있다던데 귀하는 어쩌다가 살명백인에 오른 것이오?"

"겸황천굴 하는 꼴이 마음에 들지 않아서네."

"뭐가 마음에 들지 않소?"

"그럼 자네는 겸황천굴이 하는 짓거리들이 마음에 든다는 말인가?"

"마음에 들지 않소."

"천하의 셀 수도 없이 많은 사람들이 겸황천굴의 횡포에 허덕이고 있잖은가."

진검룡은 고개를 끄떡였다.

"그렇소."

그런 점에서는 정천영도 진검룡과 같은 생각인 것처럼 보였다.

"겸황천굴이 더더욱 나쁜 것은 죄 없는 백성들의 고혈까지 빨아먹는다는 걸세."

"백성들의 고혈을 말이오?"

검황천문이 죄 없는 백성들까지 괴롭힌다는 말은 들어본 적이 없었다.

정천영은 요리 한 점을 집어 입에 넣고 우물우물 씹으면서 설명했다.

"이곳 남창을 예로 들겠네. 현재 여긴 적도방이라는 방파가 겸황천굴의 개 노릇을 하고 있는데 적도방은 매달 겸황천굴에 은자 오백만 냥을 상납하기 위해서 남창을 비롯한 인근의 모든 방파와 문파, 무도관은 물론이고 크고 작은 무수한 점포들에까지 돈을 긁어모으고 있다네."

검황천문은 남천의 각 성(省)과 성도(省都)를 지배하는 방파와 문파들에게 일률적으로 은자 오백만 냥을 상납하라고 정해놓은 모양이다.

지난번에 검황천문 태문주의 정실부인 연보진이 진검룡에게 제시했던 상납금의 액수가 금 십만 냥 즉, 은자로 치면 오백만 냥이었다.

진검룡이 매달 그것만 상납하면 자신이 어떻게 하든지 영웅문을 공격하는 것을 막아보겠다고 제안했었다.

정천영이 말을 이었다.

"적도방은 남창의 수십 개 방파와 문파들을 닦달하고 그 방파와 문파들은 자기 관할 내에 있는 점포들과 콧구멍만 한 가게, 심지어 좌판을 펴고 장사하는 사람들에게까지 돈을 뜯어내고 있다네."

진검룡은 적잖이 놀랐다.

"그 정도였소?"

"검황천굴이 자신들 손을 더럽히지 않는다뿐이지 하층민 백성들 고혈까지 짜고 있지 않은가."

진검룡은 거기까지는 생각하지 못했다가 정천영의 말을 듣고 적잖이 충격을 받았다.

"그렇군요."

부옥령이 카랑카랑한 목소리로 정천영을 꾸짖었다.

"그래서 네가 하는 일이 뭐냐는 말이다. 주군께서 그걸 하문하셨잖느냐?"

"아… 그렇소?"

정천영은 상체를 뒤로 젖히면서 느긋하게 말했다.

"지금 그대들이 마시고 있는 이 명삼로주를 어디에서 얻은 것 같소?"

"어디에서 얻었소?"

정천영 얼굴에 득의한 웃음이 번졌다.

"적도방이 겸황천국 일가에게 진상하는 술인데 중도에 내가 잠시 슬쩍했지."

검황천문에 가는 물건을 강탈했다는 얘기다. 그런데 그는 강도나 도둑처럼 남의 물건을 강탈하고 훔쳤으면서도 자신이 한 행동을 조금도 부끄러워하지 않는 것 같았다.

부옥령이 더러운 물체의 이름을 말하듯이 얼굴을 찌푸리며 툭 내던졌다.

"너, 이제 보니까 도둑놈이잖아?"

정천영은 담담하게 말했다.

"내 목적은 겸황천굴에 피해를 입히는 것이오. 최종 목적은 겸황천굴의 붕괴지만 그건 내 능력 밖의 일이라서 내가 할 수 있는 최대한의 일을 하는 것이오."

그는 부옥령을 보면서 설명했으나 그녀는 입술을 삐죽거리기만 할 뿐 뭐라고 하진 않았다.

"내가 우내십절 정도 되는 초절고수이거나 그럴싸한 문파의 수장쯤 된다면 무력으로 겸황천굴과 싸워보겠지만 현실적으로는 내 무공이라는 것도 보잘것없고 문파를 갖고 있지도 않으므로 강도 짓이라도 해서 놈들의 돈줄을 죄는 것도 괜찮은 방법일 것이라고 생각했소."

"흥! 그래 봐야 도둑놈이지."

이쯤 되면 약이 오를 만도 한데 정천영은 오히려 빙그레 미소마저 지었다.

"맞소. 나는 도둑이고 강도요. 겸황천굴에 피해를 줄 수만 있다면 무슨 짓이라도 할 거요."

"흥! 그런 게……."

부옥령이 또 냉소를 치며 뭐라고 대꾸하려는데 진검룡이 탁자 아래에서 그녀의 허벅지에 손을 얹어 가볍게 누르면서 말을 막았다.

"겸황천문에 어설프게 대적하는 것보다 외려 그러는 게 더 치명적일 수 있을 것이오."

"자네도 그렇게 생각하나?"

"그렇소. 어쨌든 겸황천문도 자금이 있어야지만 제대로 굴러갈 테니까 말이오."

"자네 말이 백번 맞네. 인간이 밥을 먹어야지만 활동을 할 수 있는 것처럼, 겸황천굴도 돈이 있어야지만 휘하의 수하들을 거느리고 겸황천굴이라는 거대한 조직을 운영할 수 있는 것이네."

"맞소."

진검룡은 정천영 말에 진심으로 공감했다.

"예를 들어서 겸황천굴이 매달 은자 천만 냥이 있어야 굴러가는데 이번 달에는 은자를 팔백만 냥밖에 거두어들이지 못했다면 이백만 냥만큼 피해를 입는 걸세."

"흠… 그렇겠지요."

"겸황천굴 수하들이 이백만 냥만큼 줄어들거나 그만큼의 대우를 받지 못하니까 전력이 쇠퇴할 걸세."

진검룡은 고개를 끄떡였다.

"맞는 말이오. 하면 형장은 검황천문의 돈을 얼마나 뺏은 것이오?"

정천영은 겸연쩍은 표정을 지었다.

"얼마 안 되네. 그래도 매달 꾸준히 한 군데 상납금은 가로채고 있는 중이네."

"한 군데라면……."

"겸황천굴은 매달 남천 이십사지부(二十四支部)에서 평균 은자 삼백오십 만 냥과 천십단 중 네 곳에서 은자 오천만 냥을, 그리고 천삼역에서 은자 천만 냥씩을 꼬박꼬박 받아오고 있는데 내가 그중에 한 군데 상납금을 가로채는 거지. 십오 년 전부터."

이때만큼은 민수림도 얼굴에 미미한 변화가 나타나서 처음으로 정천영을 쳐다보았다.

진검룡과 부옥령은 크게 놀라서 '뭐, 이런 사람이 다 있어?' 하는 표정으로 정천영을 쳐다보았다.

"십오 년 전부터라고 했소?"

"그렇네."

"검황천문으로 가는 상납금을 매달 가로챘다는 말이오?"

"그렇네. 십오 년 동안 한 번도 빠짐없이 매달."

"맙소사……."

"비교적 천십단이나 천삼역의 상납금 강탈이 쉬웠네. 장사꾼들이라서 경계가 허술한 편이지. 그래서 주로 그것들을 강탈했었네."

천하십대상단 천십단은 상납금이 은자 오천만 냥이고, 천사삼십상역인 천삼역은 은자 천만 냥이다.

그런데 십오 년 전부터 매달 은자 오천만 냥이나 천만 냥을 한 번도 빠짐없이 강탈했다니……

그렇다면 도대체 그게 다 얼마라는 말인가.

진검룡은 가장 궁금한 것을 물었다.

"그걸 몇 명이 하는 것이오?"

"나 혼자네."

진검룡은 깜짝 놀랐다.

"그걸… 혼자 한다는 말이오?"

정천영은 태연하게 대답했다.

"그렇네."

"힘들거나 위험하지 않소?"

"습관이 돼서 괜찮네."

"……"

진검룡은 잘 이해가 되지 않았다.

"아무리 상단이라고 해도 상납금을 호위하는 고수가 꽤 많을 텐데 그걸 어떻게 혼자 한다는 말이오?"

정천영은 손을 뻗어 부옥령의 빈 잔에 술을 부으려고 했으나 그녀가 손을 들어 막았다.

"나는 작로주 마실 거야."

"이게 작로주요."

"내가 따라서 마실 거야."

정천영은 술병을 잡은 손을 거두지 않은 채 의미심장한 미소를 지었다.

"내 술을 받으면 좋은 선물을 주겠소."

"흥! 선물 같은 거야……"

부옥령이 말하고 있는데 정천영이 얼른 그녀의 빈 잔에 술을 따랐다.

"감히 네가……."

"앗!"

부옥령이 눈을 무섭게 뜨자 정천영이 갑자기 화들짝 놀라는 표정을 지었다.

다들 그가 왜 그러는지 궁금한 표정인데 그는 놀라움이 가시지 않는 얼굴로 부옥령을 보면서 감탄했다.

"아아… 나는 화내는 모습이 이처럼 아름다운 여자는 한 번도 본 적이 없소."

"무슨 헛소리를……."

부옥령이 살짝 얼굴을 붉히면서 눈을 사납게 뜨자 정천영은 진검룡을 보며 흥분한 얼굴로 말했다.

"자네, 솔직하게 말해보게. 당금 천하에서 이 여자보다 아름다운 여자를 본 적이 있는가?"

"봤소."

"말도 안 되네. 그런 여자가 대체 어디에 있다는 말인가? 선녀니 옥황상제의 딸이니 하는 말은 하지 말게."

정천영이 요란하게 그러나 진심 어린 표정으로 설레발을 피우는 바람에 민수림마저도 그를 바라보게 되었다.

진검룡은 탁자 아래에서 민수림의 허벅지에 손을 얹으며 온화하게 미소 지었다.

"천하에서 가장 아름다운 여자는 여기에 있는 수림이오. 수림보다 아름다운 여자는 동서고금을 막론하고 한 명도 없다는 사실에 내 목을 걸 수 있소."

민수림은 화사하게 미소 지으면서 자신의 허벅지에 얹은 진검룡의 커다란 손등에 자신의 손을 얹고 부드럽게 가만히 쓰다듬었다.

그의 화려한 찬사에 부옥령이 들리지 않게 코웃음을 치며 고개를 살짝 돌렸다.

그러면서 여전히 자신의 허벅지에 올려져 있는 진검룡의 손등을 살짝 꼬집었다.

그녀는 얼마 전까지만 해도 자신이 모시던 하늘이 민수림이었다는 사실을 점차 망각하는 모양이다.

진검룡은 손바닥으로 부옥령의 허벅지를 토닥거리다가 뭐라고 글씨를 썼다.

—너도 예뻐—

부옥령은 마음이 확 풀어져서 배시시 미소 지으며 손을 뻗어 그의 손등에 글씨를 썼다.

—사랑해요—

부옥령은 가슴을 두근거리면서 진심으로 표현했지만 진검룡은 건성으로 넘어갔다.

*   *   *

다들 술이 거나하게 취했다.

진검룡과 민수림, 부옥령은 원래 술 마실 때 공력으로 취기를 몰아내는 행동을 하지 않는다.

기분 좋으려고 마신 술을 어째서 일부러 깨야 하는지 이해하지 못하기 때문이다.

그런 점에서는 정천영도 같았다. 그리고 취해도 주사를 부리지 않는다는 점도 비슷했다.

그는 부옥령에게 조금씩 용감해지고 있다는 점 말고는 정신이 말짱한 것 같았다.

정천영이 부옥령에게 손을 내밀어 무언가를 주었다.

"받으시오."

"이게 뭐야?"

"선물이오."

"무슨 선물?"

"아까 내 술 받으면 선물 주겠다고 하지 않았소?"

이즈음 부옥령은 정천영에게 여전히 땍땍거리면서도 어느 정도 친해진 상황이다.

싸우면서 정든다고 하지 않던가. 하는 행동을 보면 부옥령도 그가 밉지 않은 것 같았다.

툭……

정천영은 부옥령의 하얀 손바닥에 하나의 작은 물체를 던

지듯이 살짝 내려놓았다.

그것은 손가락 절반 굵기의 붉은색과 푸른색이 섞인 칙칙한 분위기의 작은 물체였다.

"뭐야, 이게?"

부옥령이 눈살을 찌푸리자 정천영은 온화하게 미소 지으며 설명했다.

"전극신한(全極神釬)이라는 신물(神物)인데 손목에 차고 있으면 오피(四避)를 해주오."

부옥령은 그걸 내던지려다가 조금 궁금한 표정으로 가만히 펼쳐보았다.

"오피가 뭐지?"

정천영이 다시 부옥령의 빈 잔에 술을 따랐으나 그녀도 이번에는 가만히 있었다.

"물(水), 불(火), 독(毒), 사(邪), 요(妖)가 그것이오."

부옥령은 흥미로운 듯 눈을 깜빡거렸다.

"그게 사실이야?"

정천영은 빙그레 미소 지으며 고개를 끄떡였다.

"그렇소. 전극신한을 손목에 차고 강물이나 바다에 들어가면 물이 일 장 이내로 접근하지 못하고, 용암 속으로 걸어 들어가면 용암이 저절로 갈라진다고 하오."

"시험해 봤어?"

정천영은 활짝 열린 창을 가리켰다.

"못 믿겠으면 저 창 아래가 적강이니까 강물에 뛰어들어 시험해 보시오."

스읏!

그의 말이 끝나기 무섭게 부옥령의 모습이 그 자리에서 씻은 듯이 사라졌다.

진검룡과 민수림은 그녀가 사라졌든 말든 신경 쓰지도 않고 다정하게 술을 마셨다.

그러나 정천영은 적잖이 놀라서 궁둥이가 의자에서 한 자쯤 떨어진 상태다.

*　　　*　　　*

정천영은 크게 놀란 표정으로 활짝 열려 있는 창을 망연히 쳐다보았다.

그는 줄곧 부옥령을 주시하고 있었는데 그녀가 언제 어떤 방법으로 사라졌는지 제대로 보지 못했다.

그렇지만 조금 전에 그가 저 창 아래에 강이 흐르고 있으니까 시험해 보라고 말했기 때문에 부옥령은 필경 창밖으로 나가서 강물 속으로 뛰어들었을 것이다.

정천영이 부옥령을 주시하고 있었는데 도대체 언제 창으로 날아갔는지 모를 일이다.

그가 보니까 진검룡과 민수림은 부옥령이 나갔는지 어쨌는지 신경도 쓰지 않았다.

그러니까 이런 일은 두 사람을 조금도 놀라게 하지 못한다는 뜻이다.

'굉장하구나……'

정천영은 처음으로 부옥령의 무공이 범상하지 않음을 실감하게 되었다.

정천영은 자신의 무공이 절정고수 수준은 아니더라도 일급 일류고수보다 한 단계 위인 특급 일류고수는 된다고 자신했었는데 부옥령은 그보다도 한 수 위의 고수인 것 같았다.

사실 어젯밤 관도에서 검황고수들에게 쫓기던 그는 중상을 입은 상황이었다.

조금 전에 부옥령에게 주었던 전극신한을 검황천문에서 훔쳐서 달아나다가 추격전이 시작됐었던 것이다.

검황천문에 뭘 좀 알아보려고 잠입했다가 전극신한을 발견하고 장난삼아서 훔쳤는데 들키고 말았다.

현재 그의 몸 상태라면 한 달 이상 치료를 하면서 푹 쉬어야만 하는데 오늘 밤 진검룡 일행하고의 약속이 있어서 대충 치료만 하고 무리를 하여 나온 것이다.

더구나 원래 그는 술이라면 사족을 못 쓰는 데다 오늘 밤 이미 술을 꽤 마신 터라서 술기운 때문에 상처의 고통을 느끼지 못하고 있다.

정천영은 방금 전에 부옥령이 나간 활짝 열려 있는 창을 뚫어지게 주시했다.

일어나서 창밖을 내다보고 싶지만 움직이다가 자칫 옆구리 상처가 터져서 피가 흐를까 봐 그러지 못했다.

그런데 그때 창으로 흐릿한 물체가 흡사 아지랑이처럼 빠르게 스며들어 왔다.

사아아…….

그러더니 방금까지 비어 있던 부옥령의 자리에 그녀가 처음부터 그곳에 앉아서 움직인 적이 없었던 것처럼 다소곳이 앉아 있는 것이 아닌가.

'허어…….'

정천영은 창을 뚫어지게 주시하고 있었는데 이번에도 부옥령을 제대로 보지 못했다.

단지 흐릿한 아지랑이 같은 것이 스며드는 것만 어렴풋이 보았을 뿐이다.

그는 조금 전에 부옥령이 창밖으로 사라진 것을 보고 그녀가 자신보다 한 단계 위의 고수일 것이라고 생각했는데 그걸 정정해야만 할 것 같았다.

그녀는 한 단계가 아니라 두어 단계 위의 고수가 분명하다. 그렇다면 그녀는 절정고수라는 뜻이다.

부옥령은 신기한 듯한 표정으로 손에 쥐고 있는 팔찌 전극신한을 내밀어 보였다.

"강바닥까지 내려갔었어요."

그녀는 일어나서 몸을 이리저리 돌리며 신기하다는 표정을 지었다.

"이거 보세요. 조금도 젖지 않았죠? 강바닥을 걸어 다녔다니까요? 물고기들이 저하고 서너 자 떨어진 곳에서 오락가락하더라고요."

정천영은 빙그레 웃었다.

"그거 보시오. 내가 뭐라고 했소. 오피라니까."

그때 부옥령이 진검룡의 왼손을 덥석 잡았다.

"손 내밀어봐요."

"응?"

진검룡이 뭘 어떻게 할 새도 없이 부옥령이 전극신한을 그의 손목에 채웠다.

"이건 제가 아니라 주군께 필요한 물건이에요."

"령아."

진검룡이 다시 빼려는데 전극신한이 손목에 감기듯이 찰싹 달라붙어서 잘 빠지지 않았다.

그가 보니까 마치 손목에 붉고 푸른색의 문신을 한 것 같은데 용(龍)과 봉(鳳)의 문양이 너무도 생생해서 용봉이 손목을 감고 있는 것 같았다.

팔찌에 용봉이 새겨진 것이 아니라 팔찌 자체가 용과 봉의 형체로 만들어졌으며 그것이 띠로 이어졌다.

진검룡이 전극신한을 빼려고 하는데 갑자기 문밖에서 웬 여자의 목소리가 들렸다.

"정 대인, 저예요."

정천영은 진검룡에게 의견을 물었다.

"여기 주인일세. 합석해도 되겠나?"

여기 주인이라면 천향루 루주라는 뜻이다.

진검룡은 고개를 끄떡였다.

"상관없소."

정천영이 문 쪽에 대고 말했다.

"들어오게."

척!

문이 열리더니 매우 우아하고 늘씬하며 아름다운 용모를 지닌 이십 대 중반의 여인이 긴 치마를 두 손으로 살짝 들어 올리며 들어왔다.

"어서 오시게."

정천영이 일어서면서 말하자 여인이 급히 다가가서 그의 팔을 잡고 일어서지 못하게 했다.

"일어서지 말아요. 많이 다쳤다면서요?"

정천영은 빙그레 웃었다.

"손 의원이 알려주었군. 많이 다친 건 아니야."

여인은 정천영 옆에 찰싹 붙어 앉아서 몹시 걱정스러운 표정을 지었다.

"손 의원 말로는 정 대인의 옆구리와 등의 상처가 너무 위중해서 한 달 이상 치료해야 된다더군요."

"그 친구는 원래 허풍이 센 편이야."

여인은 정천영을 살펴보다가 왼쪽 옆구리의 옷이 조금 붉게 물든 것을 보고 깜짝 놀랐다.

"피가 나고 있잖아요……!"

매우 품위 있어 보이는 여인은 곧 울 것 같은 표정을 지으며 정천영의 팔을 잡고 일으켰다.

"어서 일어나세요, 정 대인."

정천영은 옆구리 상처를 치료하고 천으로 잘 감았었는데 진검룡 등과 술 마시면서 대화하느라 상처가 터져서 피가 새어 나오는지도 모르고 있었다.

여인은 자신과 같이 와서 문 옆에 서 있는 양이랑에게 빠른 말로 지시했다.

"양이랑, 어서 손 의원을 불러요."

손 의원은 천향루에 상주하고 있는 의원이며 의술이 강서성에서만큼은 최고라는 소문이 자자하다.

"허허! 선 매, 괜찮다니까."

정천영은 호탕하게 웃으며 여인을 말렸지만 여인은 걱정이 심해서 금방이라도 울 것 같은 표정을 지으며 그를 나무랐다.

"괜찮기는 뭐가 괜찮아요? 지난번에도 정 대인이 괜찮다고 해놓고는 거의 죽을 뻔했잖아요."

"선 매……."

"그때 몸에 꽂힌 검의 조각이 아직도 정 대인 몸속에 들어 있다잖아요. 이렇게 무리하시다가 돌아가시기라도 하면 어쩌려고 그래요?"

"허어… 참. 선 매, 손님들이 계시지 않은가."

여인은 진검룡 등을 보는 둥 마는 둥 하면서도 곱지 않은 표정을 지었다.

"이렇게 아픈 분과 태연하게 술을 마시다니… 정신이 없으신 분들이군요."

졸지에 여인에게 꾸지람을 들은 진검룡은 괜히 미안해져서 들고 있던 술잔을 내려놓았다.

그렇지만 여인의 말에도 민수림은 아랑곳하지 않고 술을 마시고 있다.

더구나 부옥령은 기분 나쁜 얼굴로 방금 마신 빈 잔을 소리 나게 탁자에 내려놓았다.

탁!

"저자가 아픈 것을 우리가 어찌 알 수 있다는 말인가? 그것은 아픈 당사자가 챙겨야 할 일이 아닌가? 어째서 우릴 나무라는 것이지?"

여인은 깜짝 놀라서 부옥령을 바라보았다.

부옥령은 정천영을 똑바로 쏘아보며 꾸짖었다.

"우리를 초대한 것은 너였다. 우리가 술 마시자고 널 꼬여낸 것이 아니라는 말이다. 그런데 우리가 지금 왜 욕을 먹어야 한다는 말이냐?"

정천영은 고개를 숙였다.

"정말 미안하오."

여인은 돌아가는 상황을 보고 자신이 뭔가 큰 실수를 했다는 사실을 깨닫고 당황했다.

"아… 저는……."

정천영이 미소를 지으며 진검룡 등을 여인에게 소개했다.

"어젯밤에 겸황천굴 놈들에게 추격당하면서 죽을 뻔했었는데 이분들이 구해주었소."

"아……."

여인의 얼굴에 낭패감이 가득 드리워졌다.

"어젯밤에 나를 구해주면 술을 사겠다고 내가 먼저 제안했었소. 어쨌든 그 덕분에 나는 목숨을 겨우 건졌으며… 그래서 오늘 밤에 술을 마시게 된 것이고……."

그는 진검룡에게 물었다.

"만약 그런 제안을 하지 않았으면 자네들은 날 구해주지 않았을 것 아닌가?"

진검룡은 고개를 끄떡였다.

"당연하오."

여인의 얼굴이 낭패감에서 절망감으로 바뀌더니 기어코 두 눈에 눈물이 가득 고였다.

여인은 뜨거운 눈물을 후드득 떨구면서 부옥령에게 허리를 굽실 굽혔다.

"죄송해요. 제가 아무것도 모르고… 정 대인께서 잘못되실까 봐 그것만 염려가 돼서……."

부옥령은 듣기 싫다는 듯 손을 내저었다.

"그래도 그렇지. 상황을 봐가면서……."

"령아, 그만해라."

진검룡의 꾸지람에 부옥령은 공손히 고개를 숙였다.

"죄송해요."

난리를 치던 부옥령이 진검룡의 한마디에 꼼짝 못 하는 모습을 보고 여인이 진검룡에게 공손히 사과했다.

"죄송해요. 용서해 주세요."

진검룡은 빙그레 미소 지으며 손을 저었다.

"괜찮소. 개의치 마시오."

그는 민수림이 술을 맛있게 마시는 모습을 보고 그녀가 명삼로주를 매우 좋아한다는 사실을 알았다.

그래서 이 술자리를 지금 깨면 안 되겠다고 생각했다. 그러자면 정천영의 옆구리 상처 때문에 여인이 이 술자리를 파하는 일은 없어야 한다.

진검룡은 자리에서 일어나 정천영에게 다가갔다.

"상처 좀 봅시다."

정천영은 손을 내저었다.

"괜찮네. 별것 아니니까 그냥 술이나 마시세."

진검룡이 꾸짖었다.

"형장 때문에 술자리가 깨지게 됐잖소."

"아닐세. 나는 계속 마실 수 있네."

진검룡은 정천영과 여인 사이에 서서 말했다.

"형장이 옆구리에서 피를 흘리고 있는 상황에서는 이 여자분이 술을 못 마시게 할 것 같은데……."

그러고는 여인에게 물었다.

"그렇지 않소?"

"네. 맞아요. 목숨이 경각인데도 어째서 술을 마셔야 하는지 도대체 이해할 수가 없어요."

"들었소?"

"들었네."

"그러니까 옆구리 상처 좀 봅시다."

"허어… 참. 됐다니까 그러는군."

진검룡은 아주 간단히 정천영의 마혈을 제압했다.

타닷…….

"윽… 자네, 왜……."

정천영이 뻣뻣해지면서 무슨 말을 하려고 하자 진검룡이 아혈까지 제압해 버렸다.

여인은 진검룡이 정천영을 해치려는 것이라고 오해하여 소스라치게 놀라서 바로 옆에 있는 진검룡에게 무턱대고 주먹을 휘두르며 외쳤다.

"무슨 짓이에요!"

그녀의 무공은 삼류무사 수준이라서 어설펐다.

진검룡이 아무렇지도 않게 슬쩍 피하자 여인은 균형을 잃고 기우뚱 쓰러졌다.

"앗!"

그대로 놔두었다가는 바닥에 볼썽사납게 나동그라질 것 같아서 진검룡이 급히 두 손을 내밀어서 안았다.

진검룡은 마혈과 아혈이 제압된 정천영을 일으키려고 손을 내밀다가 앞에서 엎어지는 여인을 안은 것이므로 자세가 불안정했다.

터억!

"아……."

진검룡은 상체가 뒤로 젖혀진 자세에서 여인을 정면 두 팔로 안았다.

여인의 가슴이 그의 가슴에 얹혔으며 두 사람의 얼굴이 맞닿았다.

그게 끝이 아니다. 두 사람의 입술이 도장을 찍듯이 꾸욱! 짓눌렸으나 사람들이 여인 뒤쪽에 있기 때문에 아무도 보지 못했다.

진검룡은 여인의 두 눈이 커다랗게 떠진 것을 보고 급히 그녀를 밀어냈다.

"어… 괜찮소?"

"……"

진검룡의 물음에 여인은 아무 말도 하지 못하고 얼굴만 새빨갛게 붉히며 고개를 숙였다.

그런데 진검룡은 뒤늦게 자신의 두 손이 여인의 가슴을 밀고 있는 것을 발견하고 움찔 놀랐다.

그 광경 역시 아무도 보지 못했다. 정천영은 옆에 있지만 마혈이 제압된 상태라서 고개를 돌리지 못하기 때문에 옆을 볼 수가 없다.

진검룡은 두 손을 슬그머니 내리며 여인에게 전음을 했다.

[미안하오.]

사람들이 알아차릴까 봐 전음을 한 것인데 여인은 그를 쳐다보지도 못했다.

第百七章

고독(蠱毒)

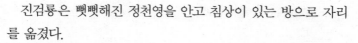

　진검룡은 **뻣뻣해진** 정천영을 안고 침상이 있는 방으로 자리를 옮겼다.

　민수림과 부옥령은 원래 방에서 계속 술을 마시고 있다. 진검룡이 다친 사람을 치료하는 것이 한두 번 있는 일도 아니기에 굳이 따라올 필요가 없기 때문이다.

　진검룡은 침상에 반듯하게 눕힌 정천영의 상의를 조심스럽게 벗기고 있으며 옆에는 여인과 양이랑이 초조한 표정으로 지켜보고 있다.

　혈도가 제압된 정천영은 눈을 부릅뜬 상태로 눈알을 이리저리 굴리거나 심하게 껌뻑거리기도 하면서 진검룡에게 무언의 어떤 신호를 보내고 있다.

말을 할 수 있게 해달라거나 아니면 혈도를 풀어달라는 뜻이겠지만 진검룡은 모른 체했다.

만약 혈도를 풀어준다면 그가 치료를 받지 않겠다고 하거나 시끄럽게 굴 것 같아서다.

진검룡이 그의 상의를 벗기며 여인에게 넌지시 물었다.

"이 남자, 원래 능글맞은 성격이오?"

"네?"

여인과 양이랑이 적이 놀라는 표정을 지었다.

진검룡은 정천영을 조금 놀려줄 생각으로 두 여자에게 한쪽 눈을 찡긋했다.

"내가 몇 시진 같이 술 마시면서 대화해 보니까 이 사람 꽤나 느물거리던데, 원래 그랬소?"

"그건…….."

여인은 얼굴을 붉히면서 금방 대답하지 못하고 머뭇거렸다.

진검룡은 팔꿈치로 여인의 어깨를 툭 건드리면서 편을 들어달라는 신호를 보냈다.

정천영의 상의가 다 벗겨지자 놀랄 만큼 잘 발달된 상체가 드러났다.

사십 대 중반의 나이라고는 믿어지지 않을 정도로 단단한 근육이 상체 곳곳에 고르게 분포되어 있었다.

한 번도 정천영의 벗은 몸을 본 적이 없었던 여인은 크게 당황하여 얼른 눈을 돌려 외면하면서 붉은 입술을 수줍게 오물거렸다.

"정 대인께서 조금… 짓궂으신 면이 있기는 해요."

그녀는 아까 본의 아니게 진검룡과 입을 맞추고 또 그가 가슴을 만진 것에 대해서 떨쳐 버리지 못하고 묘한 감정을 갖고 있는 듯했다.

"내 생각에도 그런 것 같았소."

스슥…….

진검룡은 정천영의 옆구리를 감은 피 묻은 천을 능숙하게 풀었다.

상처 부위는 작았으나 깊었다. 검에 깊이 찔려서 내장을 크게 다친 상처이기 때문이다.

"이 사람 고집도 센 것 같지 않소?"

"맞아요."

정천영의 고집에 대해서 여인은 강하게 긍정했다. 조금 전에도 그가 고집부리는 것을 겪었기 때문이다.

그녀는 빠르게 진검룡과 한편이 되어갔다. 그와 묘한 감정으로 엮인 것도 있지만 정천영을 놀리는 일이 재미있다는 생각이 들어서다.

"이 사람, 부인 있소?"

"없어요."

사십 대인 정천영에게 부인이 없다는 사실은 조금 의외다.

진검룡은 정천영의 옆구리에 커다란 손바닥을 덮고 부드럽게 순정기를 주입했다.

여인은 정천영의 상처를 덮고 있는 진검룡의 크고 투박한 손을 굽어보다가 문득 저 손이 조금 전에 자신의 가슴을 만졌다는 기억이 되살아나서 얼굴이 화끈 달아올랐다.

"그대는 혹시 이 남자를 좋아하오?"

여인은 펄쩍 뛰듯이 놀랐다.

"아, 아니에요……! 무슨 그런 말씀을……."

정천영 얼굴에 씁쓸한 표정이 떠올랐다. 그걸 그렇게 펄쩍 뛰면서까지 부인할 일은 아니잖느냐는 섭섭함이다.

여인은 얼굴을 붉히면서 기어드는 목소리로 말했다.

"정 대인께선 얼마나 눈이 높으신지 저 같은 것은 거들떠보지도 않아요."

진검룡은 여인을 새삼스럽게 한 번 더 쳐다보았다.

갸름한 얼굴에 수선화 같은 청초함과 백합 같은 우아함, 수줍은 듯 깊은 눈매를 지닌 대단한 미인이 거기에 수줍은 듯이 서 있었다.

그즈음 정천영은 두 사람이 뭐라고 얘기하는지 대화가 귀에 전혀 들어오지 않았다.

진검룡이 손바닥으로 덮고 있는 옆구리에서 시원하면서도 따스한 기운이 스며들어 와 심신을 더할 나위 없이 상쾌하게 만들고 있기 때문이다.

진검룡이 자신의 얼굴과 상체, 그리고 하체를 유심히 살펴보자 여인은 부끄러워서 어쩔 바를 모르고 고개를 푹 숙인 채 옷자락만 만지작거렸다.

그녀는 마치 자신이 진검룡에게 간택을 당하고 있는 듯한 기분이 들었다.

진검룡은 그녀에게 사심이 있어서가 아니라 그녀가 천향루의 루주라고 하고 또 정천영하고 보통 사이가 아닌 것 같아서 흥미를 느꼈기 때문이다.

"낭자."

진검룡의 부름에 여인은 고개를 들어 그를 바라보는데 눈빛이 매우 조심스럽다.

"그대는 혼인했소?"

"……."

진검룡은 여인의 눈이 화등잔처럼 커지는 것을 보았다. 여인은 진검룡의 말을 들은 직후 눈을 내리깔며 귓불까지 붉어졌다.

"아직……."

"아… 그렇소?"

진검룡은 건성으로 고개를 끄떡이면서 정천영 옆구리에 붙였던 손바닥을 조심스럽게 뗐다.

옆구리 상처는 아직 피범벅이라서 다 나았다는 사실을 겉으로는 알 수가 없다.

하지만 피범벅 아래의 상처는 말끔하게 나아서 흉터조차 생기지 않았다.

진검룡은 정천영의 상체에 다른 상처가 있는지 이리저리 살펴보다가 몸을 뒤집었다. 그리고 등 한가운데에 붙여놓은 두툼하고 큰 헝겊을 발견했다.

스윽!

헝겊을 떼니까 옆구리 상처 정도의 깊은 상처가 흉측한 모습을 드러냈다.

"아……."

등의 상처를 본 여인이 놀라서 탄성을 흘렸다. 그녀가 보기에도 상처가 매우 깊고 끔찍했다.

진검룡은 등의 상처를 손바닥으로 덮고 순정기를 부드럽게 주입했다.

정천영은 등 한가운데로 뜨겁고도 상쾌한 기운이 주입되자 정신이 멍해지는 것을 느꼈다.

'흐억……!'

그는 생전 단 한 번도 느껴보지 못했던, 그렇지만 뭐라고 표현하기 어려운 극도의 희열을 맛보았다.

'도대체 이게 무엇인가…….'

진검룡은 정천영의 등에 순정기를 주입하면서 여인을 쳐다보다가 문득 그녀의 눈빛이 이상한 것을 느꼈다.

그녀는 눈매가 매우 깊고 검은 편인데 그 깊음과 검은 것이 어떤 이유가 있는 것 같았다.

진검룡은 상체를 앞으로 깊이 숙이면서 여인의 눈을 자세히 들여다보았다.

'뭐지, 저건?'

여인의 눈 아주 깊숙한 곳에서 무언가 거무스름하면서 작은 물체가 미미하게 꿈틀거리는 것이 보였다. 검불 같기도 하고 벌레 같기도 했다.

"왜······."

여인은 진검룡이 점점 얼굴을 가까이 가져오면서 얼굴을 뚫어지게 주시하자 크게 부끄럽고 당황해서 어쩔 줄 몰랐다.

"아아······."

아까 진검룡과 그런 일이 있었기 때문에 혹시 그가 또 입을 맞추려는 것이 아닐까 해서 여인은 이러지도 저러지도 못하고 발을 동동 굴렀다.

'저게 도대체······.'

진검룡이 뚫어지게 주시하니까 그럴 리가 없는데도 여인의 눈 속에 있는 깨알처럼 작은 물체가 꾸물거리면서 뒤로 물러나더니 수십 장까지 멀어졌다.

여인의 머리 두께라고 해봐야 한 뼘도 채 되지 않는데 눈속에 있는 물체가 수십 장 밖으로 물러난다는 것은 말도 되지 않는 일이다.

그렇다면 지금 진검룡의 시야에서 점점 빠르게 멀어지고 있는 물체는 그녀의 눈 속에 있는 것이 아니라 몸속에 있는 것이 분명하다.

'이건 눈으로 보이는 것이 아니다. 그렇다면······.'

눈으로 보이는 것이 아니라면 설마 마음으로, 아니, 마음의 눈으로 보고 있다는 말인가.

'설마 이게 심안(心眼)이라는 건가?'

"아아······."

여인이 견디지 못하고 신음을 토하면서 한 걸음 뒤로 물러나려고 하자 진검룡이 손을 뻗어 그녀의 머리를 잡고 움직이지 못하게 했다.

진검룡은 정천영의 등에서 손을 떼고 그의 혈도를 풀어주면서 말했다.

"형장, 치료 끝났으니까 일어나시오."

엎드려 있던 정천영은 몸을 움직여 보았다. 몸이 움직여질 뿐만 아니라 말도 할 수가 있다.

그는 벌떡 일어나 앉으며 진검룡이 있을 것이라고 짐작되는 쪽을 향해 냅다 소리쳤다.

"자네가 나한테 이럴 수가 있나? 엉?"

그러다가 그는 두 가지 사실을 알게 되었다. 자신의 몸이 조금도 아프지 않다는 것과 진검룡이 여인의 머리를 잡은 채 얼굴이 닿을 정도로 가깝게 그녀를 뚫어지게 주시하고 있다는 사실이다.

정천영은 자신의 몸이 다 나았다는 사실을 확인해 보기도 전에 진검룡의 행동을 의문스러워했다.

"자네 왜 그러나?"

"이 낭자 몸속에 뭐가 있소."

"앗!"

"뭐어?"

여인과 양이랑, 정천영이 동시에 놀라서 외쳤다.

정천영이 가까이 다가와서 급히 물었다.

"그게 뭔가?"

"가만히 있어보시오."

진검룡은 여인과 이마와 콧등을 마주 대고 눈을 거의 붙이다시피 했다.

눈을 보는 게 아니라 눈 속 깊은 곳을 심안으로 봐야 하기 때문이다.

진검룡이 눈을 깜빡거리지 못하도록 여인의 혈도를 제압했으므로 그녀는 몸을 바들바들 떨기만 했다.

진검룡은 두 손으로 여인의 얼굴을 감싸 잡고 그녀의 눈 속으로 들어갈 것처럼 얼굴을 밀착시켰다.

코가 맞닿고 입술이 붙는다고 생각한 순간 느닷없이 그의 정신이, 아니, 영혼 같은 것이 쑤욱! 하고 여인의 눈 속으로 빨려 들어가 버렸다.

"아……!"

여인이 뭔가를 느끼고 몸을 바르르 떨면서 자지러지는 탄성을 흘렸다.

진검룡은 그 순간 뭐가 어떻게 되는 것인지 알지 못했다가 잠시 후에 상황을 파악했다.

그의 정신은 여전히 머릿속에 있지만 그의 눈이, 아니, 눈의 혼(魂)이라고 할 수 있는 것이 그녀의 눈을 통해서 몸속으로 빨려 들어간 것이다.

다시 말하자면 진검룡의 심안이 그녀의 몸속을 살피고 있는 중이다.

무언가를 감지한 여인은 눈을 크게 부릅뜨고 입을 벌린 채 몸이 단단하게 굳어 있다.

진검룡의 심안은 매우 빠른 속도로 여인의 몸속을 샅샅이 뒤지고 다녔다.

정천영은 두 사람 옆에 와서야 그들이 얼굴과 얼굴을 맞대고 있는 것을 보고 적잖이 놀랐다.

그렇지만 진검룡이 이러는 데에는 분명히 이유가 있을 것이라는 생각에 잠자코 있었다.

양이랑이 어쩔 줄 몰라서 허둥거리는 것을 정천영이 손을 저어 조용히 하라고 시켰다.

'찾았다!'

진검룡은 여인의 몸 매우 깊은 곳에 숨어 있는 그 물체를 결국 찾아냈다.

그의 심안은 그 물체의 한 뼘 거리에서 똑똑히 살펴볼 수 있었다.

그것은 거미와 지네와 뱀을 합쳐놓은 것 같은 물체인데 살아 있는 생명체 즉, 괴물이었다. 그러나 크기는 새끼손톱 정도에 불과했다.

그러나 심안은 그저 살펴볼 수만 있으므로 그 벌레 같은 괴물을 어떻게 해볼 방법이 없다.

슈우웃!

심안이 진검룡의 눈을 통해서 그에게 돌아왔다.

"후우……."

진검룡은 여인의 혈도를 풀어주면서 잡고 있던 그녀의 얼굴을 놓았다.

"아아……."

여인이 비틀거리다가 진검룡에게 몸을 기대자 그가 팔을 뻗어 부드럽게 안아주었다. 두 사람의 그런 행동은 매우 자연스러웠다.

바짝 긴장하고 있던 정천영이 그를 빤히 응시하며 물었다.

"선 매에게 무슨 좋지 않은 일이 있는 것인가?"

진검룡은 오도카니 선 채 겁먹은 표정을 짓고 있는 여인을 보며 심각한 표정을 지었다.

"이상한 벌레가 그녀의 몸속에 있소."

"아아……."

*　　　*　　　*

여인과 양이랑은 놀라서 어쩔 줄 모르는데, 정천영은 뭔가
짚이는 것이 있는지 급히 물었다.

"그게 어떻게 생겼나?"

진검룡은 거미와 지네, 뱀을 섞어놓은 것처럼 흉측하게 생
겼으며 크기는 새끼손톱 정도라고 자신이 본 것을 자세하게
설명했다.

여인은 자신의 몸속에 그처럼 징그러운 괴물이 있다니까
질겁을 하고 얼굴이 새하얗게 질렸다.

"아아… 무서워요……."

오들오들 떠는 그녀를 진검룡이 팔에 조금 더 힘을 주어 안
으면서 어깨를 토닥거렸다.

정천영이 신음을 흘렸다.

"으음! 자네 그걸 어떻게 본 거지?"

"심안이오."

"심안이라고?"

정천영은 크게 놀랐다.

"그렇소."

진검룡은 굳이 숨길 이유가 없어서 솔직하게 말했다.

정천영은 여인을 쳐다보았다.

"자네가 심안으로 선 매의 몸속에 들어간 것인가?"

"그렇소."

무림의 경험이 풍부한 정천영은 무공이 반박귀진 이상 초절정의 경지에 이르면 심안이라는 것을 전개할 수 있다는 사실을 알고 있다.

또한 그는 아직 운공조식을 해보지는 않았지만 자신의 두 군데 상처가 말끔하게 완치됐을 것이라고 확신했다.

부옥령이나 진검룡, 민수림이 그가 처음에 생각했던 것보다 훨씬 더 신비한 사람인 것 같지만 지금은 그런 것을 따질 때가 아니다.

정천영은 여인에게 진지한 얼굴로 물었다.

"선 매, 언제부턴가 몸이나 정신이 아프거나 이상한 증상을 보이지 않았어?"

여인은 화들짝 놀랐다.

"그래요……! 올봄부터 시도 때도 없이 깜빡 정신을 잃거나 밤에 잠을 자다가 악몽을 자주 꾸기도 해요……! 그런데 정신을 잃었다가 깨어나면 전혀 다른 곳에 와 있는 거예요. 왜 거기에 왔는지 전혀 기억이 나지 않아요."

"음… 고독(蠱毒)이로군."

진검룡과 여인, 양이랑 모두 크게 놀랐다.

"고독?"

"아아… 고독이라는 말인가요?"

고독은 워낙 유명해서 무림인이 아니더라도 민간에서도 많이 알려져 있다.

고독은 남만(南蠻)과 묘강(苗疆)에서만 나는 것이며 일부러 사람의 몸에 주입시켜서 그 사람의 몸과 영혼을 지배하는 것으로 유명하다.

정천영은 매우 심각한 얼굴로 중얼거렸다.

"자네가 설명한 고독의 모습이라면 치정혼인고(癡情婚姻蠱)가 분명하네."

"그게 뭐요?"

여인은 몸을 바르르 떨면서 혼절하기 직전의 모습이다.

정천영은 여인을 힐끗 보더니 말을 아꼈다.

"그런 게 있네."

그러자 여인이 커다란 두 눈에 가득 눈물이 고인 채 떨면서 겨우 말했다.

"제발… 말씀해 주세요."

정천영은 여인을 쳐다보고는 마른침을 삼키고 나서 무겁게 입을 열었다.

"선 매가 고독을 주입한 자의 뜻대로 행동하게 되는 거야. 몸도 정신도 그자 마음대로 조종하는 거지."

진검룡은 진지한 표정으로 듣기만 했다.

여인의 얼굴은 점점 더 창백해져서 당장에라도 주저앉을 것만 같았다.

여인이 참담한 표정으로 말했다.

"대체 누가 그런 건가요? 누가 저를 조종하는 거죠?"

정천영은 어두운 표정을 지었다.

"치정혼인고는 색령고(色靈蠱)라고도 하지. 시술자가 주문을
외우면 여자가 미친 듯이 발정(發情)해서 시술자가 지정하는
남자와 정사를 하는 거야."

"말도 안 돼요! 어떻게 그런 일이 가능하죠?"

여인은 자지러질 듯이 울부짖었다.

"시술자가 주문을 외우면 선 매 체내에 들어 있는 치정혼인
고가 머릿속에 들어가서 선 매를 조종하는 거야. 색정에 발광
하도록 말이야."

"싫어요! 그런 일은 있을 수 없어요! 저는 그런 일을 당하느
니 차라리 자결할 거예요!"

여인은 비 오듯이 눈물을 쏟으며 울부짖었다.

그녀는 진검룡 품속에서 몸부림쳤다.

"제가 무슨 죄를 지었기에 이런 고통을 당해야 하나요? 대
체 누가 저에게 이런 짓을 한 거죠?"

여인은 진검룡 품속에서 고개를 들고 그를 올려다보며 애
원하듯이 말했다.

"흑흑흑……! 상공! 제발 저를 구해주세요……! 살려주세
요… 부탁이에요……!"

그녀는 진검룡이 정천영의 상처를 치료하는 것을 지켜봤기에 그가 의술이 뛰어나다고 생각했다.

그래서 자신의 몸속에 있는 고독을 없애줄 수 있을 것이라고 믿었다. 그녀로서는 매달릴 사람이 진검룡뿐이다.

진검룡은 말없이 그녀의 등을 쓰다듬으면서 어떻게 고독을 없애야 할지 생각해 보았다.

*   *   *

여인을 기다리게 해놓고 진검룡과 정천영은 민수림이 기다리는 술자리로 돌아왔다.

정천영은 목이 타는지 술 석 잔을 연거푸 마시고 나서 진검룡에게 전음을 보냈다.

[시술자가 누군지 알아내야겠네. 고독은 시술자만이 제거할 수가 있네.]

그는 또 한 가지 방법이 있는데 그것에 대해서는 말하지 않았다. 그 방법을 사용할 일이 매우 희박하고 또한 그 방법을 절대로 사용하지 말아야 하기 때문이다.

진검룡이 육성으로 말했다.

"수림과 령아는 전음을 들으니까 그냥 말로 해도 되오."

정천영은 놀라는 표정을 지었다.

"전음을 들어?"

"못 믿겠으면 해보시오."

정천영은 손을 내저었다.

"아니, 그럴 필요 없네. 자네들이 누군지는 모르지만 이미 나를 여러 번 충분히 놀래키고 있으니까."

그는 정색을 하면서 두 손을 탁자 위에 모아서 깍지를 끼고 진검룡을 응시했다.

"자, 말해보게. 자네는 누군가? 우선 그것부터 알고 넘어가야 할 것 같네."

그는 민수림과 부옥령에 대해서는 묻지 않고 진검룡만 물어보았다.

부옥령은 진검룡의 수하를 자처하고 민수림은 정인처럼 보이니까 진검룡이 누군지 알아내면 두 사람이 누군지 알 수 있을 것이기 때문이다.

진검룡은 엷은 미소를 지었다.

"형장은 우리가 누군지 짐작하고 있지 않소?"

정천영은 진지한 표정을 지었다.

"말 그대로 짐작일 뿐일세."

"말해보시오. 우리를 누구라고 짐작하고 있소?"

정천영은 진검룡을 빤히 응시하다가 고개를 설레설레 가로저었다.

"아냐. 내가 짐작하는 인물은 너무 굉장해서 자네들은 아닐 걸세. 그 인물이 자기네 영역 지키기도 바쁠 텐데 여기를 왜 오겠나?"

　진검룡은 속으로 적이 감탄했다. 정천영의 말을 들어보니까
그가 내심으로 짐작하고 있는 인물이 항주의 영웅문주 전광
신수인 것 같았다.

　별로 단서가 없었는데도 진검룡의 정체를 간파했으니 과연
정천영은 산전수전 다 겪은 노장이 분명했다.

　진검룡은 넌지시 말했다.

　"누굴 짐작하기에 굉장하다는 것이오? 만약에 형장이 짐작
하고 있는 사람이 우리라면 어쩌려고 그러오?"

　정천영은 눈을 깜빡거리면서 진검룡을 빤히 응시하다가 민
수림과 부옥령을 번갈아 쳐다보았다.

　그러더니 잠시 뭔가 골똘히 생각하다가 이윽고 착 가라앉
은 목소리로 입을 열었다.

　"그렇다면 자네가 전광신수인가?"

　아까 정천영은 검황천문이 작성한 살명부의 살명백인 일 위
가 전광신수이며 삼 위가 철옥신수, 사 위가 부옥령인 무정신
수라고 말했었다.

　그러면서 자신은 살명백인의 백 위에 막 이름을 올렸다면
서 은근히 뻐기고 자랑했었다.

　진검룡은 피식 웃었다.

　"왜 그렇게 생각하오?"

　정천영은 고개를 가로저였다.

"아닐세. 내가 잘못 생각했네. 자네가 뛰어난 건 인정하지만 전광신수 정도는……."

진검룡은 그의 말을 자르며 고개를 끄떡였다.

"잘 봤소. 내가 전광신수요."

"엉?"

정천영은 진검룡이 전광신수일지도 모른다는 생각을 일 할쯤 하고 있었다.

그것은 진검룡이 전광신수가 아닐 것이라고 구 할쯤 생각하고 있었다는 뜻이다.

"자네……."

정천영은 눈을 껌뻑거리면서 진검룡을 쳐다보며 그가 농담을 하는 것인지 아닌지를 분간하려고 애쓰고 있지만 판단을 내리지 못하는 것 같았다.

그 모습이 우스워서 진검룡은 빙그레 미소 지었다.

"형장이 모르고 있는 게 하나 있소."

"뭐… 뭔가?"

"적도방은 멸문했소."

"……."

"어제 우리가 적도방을 멸문시키고 남창으로 돌아오는 길에 형장을 만났던 것이오."

"……."

"그러니까 남창에 더 이상 적도방은 존재하지 않소. 영웅문의 남창 제이지부가 새로 생겼을 뿐이지."

"……."

너무도 엄청난 말이라서 정천영은 개구리처럼 눈만 껌뻑거리릴 뿐 아무 말도 하지 못했다.

그 모습을 보고 부옥령이 피식 웃었다.

"살명백인 백 위에 오르신 거물께서 그만한 일로 왜 저리도 놀라실까?"

그러자 여태 한마디도 하지 않았던 민수림이 픽! 소리를 내며 웃었다.

"훗!"

술에 꽤 취한 민수림이 흰소리를 했다.

"살명백위라잖아요. 건들면 다쳐요."

그녀의 그윽하면서도 약간 혀 꼬부라진 소리가 정천영의 귀를 파고들었다.

그렇지만 정천영은 진검룡이 항주 영웅문주 전광신수라는 사실에 뇌가 다 짓이겨진 것 같은 충격이라서 민수림의 말에 반응을 보일 처지가 아니다.

정천영은 두꺼비처럼 눈을 껌뻑거리면서 진검룡을 손가락으로 가리켰다.

"자네… 정말 전광신수인가?"

"참고로 그 별호는 내가 지은 게 아니오."

정천영은 미간을 좁히며 원망하는 표정으로 말했다.

"왜 날 속였나?"

진검룡은 손가락으로 자신의 코를 가리켰다.

"내가 언제 형장을 속였다는 말이오? 나는 처음부터 내 이름이 진검룡이라고 소개했소. 다만 전광신수라고 떠벌리지 않았을 뿐이지."

사실 자신의 별호가 아무개니 뭐니 떠벌리는 사람은 거의 없는 편이다.

"그… 랬었지."

정천영은 허탈한 표정을 지었다.

"무림에는 전광신수라는 별호만 알려졌지 이름이 뭔지는 알려지지 않았네."

그는 황망한 표정으로 민수림과 부옥령을 쳐다보았다.

"그럼 이 두 분은……."

부옥령이 두 손으로 민수림을 가리켰다.

"태상문주께서 철옥신수이시다."

그녀는 고개를 갸웃거렸다.

"그리고 날 뭐라고 그랬지?"

"무정신수요. 손속이 차갑고 잔인하다고 붙은 별호라는데 나는 찬성하지 않소."

천군성 좌호법 신분인 부옥령에게는 흑봉검신이라는 엄청난 별호가 따로 있으며, 사실 그 별호가 너무 유명해서 진검룡조차도 자주 들었다.

정천영의 말에 부옥령은 얼굴을 찌푸렸다.

"무슨 헛소리야?"

"그대처럼 재미있고 정이 많은 사람에게 무정이라는 별호를 붙이다니 매우 잘못된 일이오. 나라면 그대에게 딱 어울리는 별호를 지었을 것이오."

"망발을!"

스우우!

"으헛!"

앉아 있던 정천영이 갑자기 허공으로 붕 떠오르며 어떤 기운에 의해 목이 조였다.

"끄으으……."

그는 목이 끊어지는 듯한 극심한 고통을 느끼면서 두 눈이 금방이라도 튀어나올 것만 같았다.

그 상태에서 그는 부옥령을 쳐다보았지만 그녀는 느긋한 자세로 술을 마시고 있다.

그렇다면 그녀가 그를 공격한 것이 아니라는 뜻이다. 그래서 다급히 진검룡과 민수림을 보았다.

그런데 그들 역시 술을 따르고 받는 평범한 동작을 취하고 있는 중이다.

그렇다면 도대체 어느 누가 정천영을 공중으로 떠우고 목을 조르고 있다는 말인가.

그러나 그런 생각은 이어지지 않았다. 목이 거세게 조인 탓에 몽롱해지면서 정신을 잃어가고 있기 때문이다.

그런데 그때 그의 목을 조이는 힘이 조금 느슨해졌다. 그리고 부옥령이 술을 입속에 쏟아부은 후에 차갑게 말했다.

"앞으로 나한테 농담하지 마라."

스으으⋯⋯.

정천영이 원래의 의자에 소리 없이 앉혀졌다.

그는 부옥령이 손도 까딱하지 않고 자신을 공중으로 띄우고 또 목을 조였다는 사실을 깨달았다.

第百八章

천추태후(千秋太后)

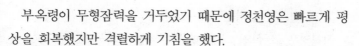

　부옥령이 무형잠력을 거두었기 때문에 정천영은 빠르게 평
상을 회복했지만 격렬하게 기침을 했다.

　"콜록! 콜록! 컥! 커억……!"

　그는 한 손으로 목을 쓰다듬으면서 두 눈에 눈물이 가득
고였으면서도 태연하게 다른 손으로 자신의 빈 잔을 진검룡에
게 내밀었다.

　방금 전에 눈알이 튀어나오고 목이 끊어질 정도의 고통을
당했던 사람치고 너무 태연자약했다.

　진검룡이 술을 따르자 그는 벌게진 얼굴로 부옥령을 보면
서 빙그레 미소를 지었다.

"내 별호가 뭔지 아오?"

부옥령은 냉랭하게 대꾸했다.

"내가 그걸 어떻게 알겠느냐?"

정천영의 미소가 조금 더 짙어졌다.

"소유만사(笑儒萬師)라고 하오."

진검룡은 물론이고 무림의 경험이 풍부한 부옥령도 소유만사라는 별호는 들어본 적이 없다.

그렇지만 정천영은 개의치 않고 웃으면서 할 말을 했다.

"나는 누구의 어떤 위협에도 굴하지 않고 내가 하고 싶은 일을 하오."

그래서 별호가 소유만사인 듯했다.

진검룡이 빙그레 미소 지으며 말했다.

"진짜 별호를 밝히는 것은 어떻소?"

정천영은 조금 전 그것 때문에 피멍이 가득 든 두 눈에 웃음을 담고 빙그레 웃었다.

"유성추혼(流星追魂)이라고 하네."

진검룡은 고개를 끄떡였다.

"원래 유성추혼이었군요."

하지만 그는 유성추혼이라는 별호를 들어본 적이 없다.

부옥령이 차갑게 웃었다.

"흥! 알고 보니까 네놈이 유서주혼(維鼠走痕)이로구나."

그녀의 조롱 섞인 말에 정천영은 처음으로 조금 당황하는 표정을 지었다.

부옥령은 고개를 젖히고 깔깔거렸다.

"아하하하! 어떤 쥐새끼가 도둑질을 하다가 들켜 밧줄에 묶여서 절벽에 대롱대롱 매달렸었다는 소문은 내가 일찍이 들어본 적이 있었다!"

정천영의 얼굴이 조금 붉어졌다.

"그런 일이 있었지만 나는 부끄러워하지 않소."

"깔깔깔깔! 사파 무리에게 붙잡혀서 돈 다 뺏긴 후에 벌거 벗겨서 밧줄에 매달렸는데도 부끄러워하지 않는다는 말이지? 과연 쥐새끼답구나!"

진검룡은 그만하라고 부옥령의 허벅지에 손을 얹고 가볍게 힘을 주었지만 그녀는 개의치 않았다.

"아하하하! 나 같으면 혀 깨물고 죽었을 텐데 아직도 살아 있는 걸 보면 네놈은 참 뻔뻔하구나."

정천영은 화를 내지도 얼굴을 붉히지도 않고 조용한 목소리로 말했다.

"그대의 말을 듣고 보니까 과연 나한테 그런 일이 있었던 것을 기억하오. 벌써 칠 년 전의 일이오."

그는 회상에 잠기듯 고즈넉한 표정으로 말을 이었다.

"그때 겸황천굴에 상납하는 상단의 은자 삼천만 냥이 실린 마차를 뺏어서 가는 중이었는데 사파 무리의 독에 중독되어 그런 수모를 겪고 마차를 뺏겼었소."

"흥! 뚫린 입이 있다고 말은 잘하는군."

진검룡이 그만하라고 허벅지를 조금 세게 꽉 잡자 부옥령은 움찔하며 그를 쳐다보았다.

그가 생각해도 부옥령의 말이 심하다는 생각이 들었다. 조금 전에 정천영을 공중으로 들어 올려서 목을 조른 행동도 평소의 그녀답지 않았다.

어쩌면 그녀는 정천영을 정도 이상으로 경계하고 또 싫어하는지도 모른다.

정천영은 아직까지 진검룡 일행에게 실수를 하지 않았으며 또한 그는 이곳 천향루의 루주와 친분이 있으므로 운이 좋으면 그를 통해서 천추각주와 연결될 수도 있을 것이다.

정천영은 모욕을 당했음에도 태연하게 말했다.

"구사일생 은인의 도움으로 밧줄에서 풀려나고 해독을 한 나는 사파 무리를 찾아내서 그들 팔십오 명을 모조리 죽이고 돈을 찾아냈소."

진검룡은 적잖이 감탄했다.

"사파 무리 팔십오 명을 다 죽이고 돈을 찾았다는 말이오?"

"그렇네."

"대단하오."

진검룡은 문득 어떤 생각이 들어서 물었다.

"그런데 형장은 그렇게 십오 년 동안 검황천문에서 뺏은 돈을 다 어떻게 했소?"

"그건 왜 묻나?"

진검룡은 솔직하게 말했다.

"내가 돈이 좀 필요해서 말이오."

정천영은 가볍게 놀라는 표정을 지었다.

"자네가 돈이 필요해?"

"그렇소."

진검룡은 만약 정천영이 돈을 갖고 있다면 그에게 구해볼 생각이다.

만약 그가 어떤 대가를 요구한다면 적당한 대가를 지불해도 될 것이라는 생각이다.

"돈이 얼마나 필요한가?"

진검룡은 처음부터 정천영을 적이라고 생각하지 않았기에 자신들이 돈이 필요한 이유에 대해서 간략하면서도 자세히 설명했다.

진검룡이 이끄는 영웅문 세력이 무력으로 검황천문을 괴롭힌다면 정천영은 도둑질로 피해를 입히고 있는 것이다.

누가 더 많이 검황천문에 피해를 입혔는지를 비교하는 것은 사실상 어렵다.

정천영이 검황천문에 피해를 입힌 정도가 영웅문과 비슷하다면 그는 정말로 굉장한 것이다.

진검룡을 비롯한 영웅문 수천 명이 해내는 일을 정천영은 혼자 해내고 있기 때문이다.

설명을 다 듣고 난 정천영은 몹시 진중하게 천천히 고개를 끄떡였다.

"흐음, 겸황천굴로부터 남창과 강서성을 보호하다니 정말 좋은 일이로군."

부옥령은 진검룡이 정천영에게 자금을 구하려는 의도를 알아차리고 입을 다물었다.

그 대신 자신이 가만히 있는 것에 대해서 보상이라도 받으려는 듯 탁자 아래에서 그의 허벅지를 쓰다듬으면서 가지고 놀았다.

진검룡은 부옥령은 내버려 두고 정천영을 응시하며 진지하게 말했다.

"나를, 아니, 우릴 도와줄 수 있겠소?"

정천영은 진지하다 못해서 심각한 표정을 지었다.

"이것은 간단한 얘기가 아닐세. 많은 사람들의 생명이 걸린 일이야."

그가 말하려는 것이 무엇이든 간에 많은 사람들의 생명이 걸려 있는 것은 맞는 말이다.

정천영은 술도 마시지 않고 진검룡을 응시했다.

"제안이 있네."

"말하시오."

"자네가 요구하는 금액을 댈 테니까 우리를 철저하게 보호해 줘야 하네."

"우리라는 것은 누구요?"

진검룡의 표정도 덩달아 진지해졌다.

정천영은 진검룡을 지그시 바라보다가 고개를 끄떡였다.

"자네도 본심을 털어놓았으니 나도 사실을 말해주겠네. 천추각을 말하는 걸세."

진검룡과 부옥령은 물론이고 민수림마저도 놀랐다.

"천추각!"

진검룡과 부옥령의 머리가 빠르게 회전했다.

정천영이 검황천문에서 훔친 돈으로 천추각을 만들었을 것이라는 추리다.

천하와 무림의 지식에 대해서라면 부옥령이 진검룡보다 수십 배는 앞선다.

그녀는 천추각이 지금으로부터 십삼 년 전부터 급성장했다는 사실을 기억해 냈다.

그녀는 눈을 가늘게 뜨고 정천영을 바라보았다.

"흐음… 그렇다면 네가 검황천문에서 훔친 돈으로 천추각을 세운 것이로군."

"나는 자금만 댔을 뿐이고 천추각을 만들고 이끌어온 사람은 따로 있소."

진검룡이 물었다.

"그가 누구요?"

부옥령이 대답했다.

"천추태후(天秋太后)예요."

진검룡은 별호에 '천추'가 들어 있는 것에 유의하여 부옥령에게 물었다.

"천추태후가 천추각주인가?"

"네. 천십단 중에 강서성 천추각의 각주예요."

정천영이 덧붙였다.

"천하삼태후(天下三太后) 중에 한 명일세."

"그건 무슨 말이오?"

"북성 천군성의 성주인 천군태후(天軍太后), 우내십절 중에 한 명인 신봉태후(神鳳太后), 그리고 천추태후를 일컬어 천하삼태후라 부르지."

"아… 그렇소?"

부옥령은 미간을 좁히고 어이없다는 듯 투덜거렸다.

"천추태후 따위가 어딜 천군태후와 신봉태후에 비한다는 것인가? 원래 천하쌍봉후(天下雙太后)였는데 대체 누가 천추태후를 넣었는지 모르겠군."

그녀는 정천영을 쏘아보며 손가락으로 찌를 듯이 가리키며 발끈했다.

"네놈이 그랬지?"

정천영은 조용한 어조로 설명하듯 말했다.

"구 년 전에 천추태후라는 별호가 제일 처음 생겼으며 그 다음 이 년 후에 신봉태후가, 그리고 삼 년 후에 천군태후라는 별호가 생겼소. 시기적으로 천추태후가 가장 최초에 생겼거늘 뭐가 어떻다는 것이오?"

그의 말이 사실이라서 부옥령은 아무 말도 못 하는데 진검룡이 고개를 끄떡였다.

"그러니까 형장은 자금을 댔고 천추태후가 천추각을 만들어서 이끌었다는 것이오?"

"말하자면 그렇네."

"그러면 나더러 천추각을 보호하라는 것이오?"

정천영은 고개를 끄떡이고 진중하게 말했다.

"천추각은 매달 은자 오천만 냥이라는 엄청난 거액을 겸황천굴에 바치고 있네. 엄청난 액수지. 천추각을 보호해 주면 그것을 자네에게 주겠네."

진검룡은 손을 내저었다.

"아… 나는 그렇게 큰돈이 필요 없소. 그리고 돈은 내가 아닌 영웅문에 주는 것이오."

정천영은 고개를 가로저었다.

"아닐세. 나는 순전히 자네를 믿고 또 자네를 보고 자금을 대겠다는 걸세."

"허어… 그거참."

부옥령은 고민했던 자금에 대한 일이 잘 풀리는 것 같아서 더 이상 정천영을 괴롭히지 않고 잠자코 있었다.

　　　　　*　　　　　*　　　　　*

　정천영이 진검룡을 따로 밀실로 불렀다.

　천향루의 사방이 가로막혀 창조차 없는 곳 탁자에 진검룡과 정천영이 마주 앉았다.

　"고독 말일세."

　정천영이 밑도 끝도 없이 불쑥 말했다.

　"말하시오."

　진검룡은 아까 천향루주의 몸속에 깃들어 있는 고독 즉, 치정혼인고를 말하는 것이라고 알아들었다.

　"자네가 그녀의 고독을 제거해 줘야겠네."

　진검룡은 이맛살을 찌푸렸다.

　"나는 고독을 제거할 줄 모르오."

　"내가 방법을 아네."

　"그럼 형장이 하지 그러오?"

　정천영은 씁쓸한 표정을 지었다.

　"나는 할 수가 없네."

　"이유가 뭐요?"

　"우선 공력이 부족하네. 노화순청 이상의 절정고수여야 고독을 제거할 수 있다네."

　그는 말끝을 흐렸다가 다 안다는 듯한 얼굴로 물었다.

　"자네 공력이 삼화취정 이상이지?"

"그렇기는 하오만……."

사실 진검룡의 공력은 삼화취정보다 네 단계나 더 높은 등봉조극이다.

"공력이 노화순청 이상이어야지만 고독을 제거할 수 있는데 나는 노화순청 흉내도 내지 못하네."

진검룡은 진지하게 말했다.

"그녀에게서 고독을 제거하는 것은 조건에 관계없이 그냥 해주겠소."

"차근차근 얘기하세."

"그럽시다."

정천영은 두 손을 탁자 위에서 모아 깍지를 꼈다.

"천추각을 보호해 달라는 요구는 수락하는 것인가?"

진검룡의 얼굴이 진지해졌다.

"형장이 천추각주를 대신할 수 있소?"

"천추태후를 불러오겠네."

정천영이 일어서더니 진검룡에게 손짓을 했다.

"그럴 게 아니라 나하고 같이 가세."

"천추태후에게 말이오?"

"불러오고 자시고 할 것 없이 같이 가서 한꺼번에 다 해결해 버리세."

진검룡은 민수림과 부옥령이 생각났다.

"얼마나 걸릴 것 같소?"

"가는 김에 아예 고독까지 제거하자면 밤을 새워야 하지 않겠는가?"

"고독까지 말이오?"

"그럼 날을 따로 잡을 텐가?"

"내가 고독을 제거할 수 있는 건 확실하오?"

정천영은 고개를 크게 끄떡였다.

"틀림없네. 자네 결심이 어떤지 그게 문제겠지만."

진검룡은 잠시 생각하다가 결정을 내렸다.

"그럼 잠시 기다려 보시오. 일행들에게 대충 얘기나 해주고 오겠소."

"그럼 나 먼저 갈 테니까 나중에 오게. 양이랑이 자넬 안내할 걸세."

*　　　　*　　　　*

양이랑은 진검룡을 천향루와 붙은 장원으로 데리고 갔다.

장원으로 통하는 커다란 문이 있지만 양이랑은 그 옆의 쪽문을 열고 진검룡더러 먼저 들어가라고 했다.

문 안쪽은 아무도 지키지 않았으며 사람의 모습은 보이지 않았다.

잘 정돈된 정원과 인공 숲, 연못 등이 그윽한 운치를 풍기며 펼쳐져 있었다.

양이랑은 걸음을 옮기기 전에 진검룡에게 말했다.

"소첩의 세 걸음 뒤에서 따라오셔야 해요."

"왜 세 걸음이오?"

양이랑은 살짝 미소 지었다.

"이 청석길에서 한 걸음만 벗어나면 온통 절진(絶陣)이 펼쳐져 있어요."

"아……."

땅에는 손바닥 서너 배 크기의 매끄러운 청석이 곧거나 구불구불하게 이어져 있는데 양이랑은 청석만을 밟으면서 앞서 걸었다.

뒤따르던 진검룡은 문득 절진이라는 것이 어떤 것인지 궁금증이 생겼다.

그는 청석길을 벗어나서 풀밭을 몇 걸음 걷다가 얼른 청석길로 되돌아와 봐야겠다고 생각했다.

아무리 절진이라고 해도 그가 최대한 빠르게 움직인다면 눈 한 번 깜빡이는 것보다 빠를 것이다.

그처럼 빠르게 절진이라는 곳에 들어갔다가 나온다면 대체 무슨 일이 벌어지겠는가 하는 안일한 생각이다.

더구나 앞선 양이랑이 뒤통수에 눈이 달리지 않은 한 진검룡이 청석길을 살짝 벗어났다가 되돌아온 사실을 전혀 모를 것이다.

스으…….

진검룡은 추호의 기척도 없이 청석길을 벗어나 우측 정원 쪽으로 삼 장가량 미끄러지듯이 갔다가 한쪽 발끝으로 살짝 풀밭을 딛고는 몸을 틀어 다시 청석길 방향으로 향했다.

'......!'

그런데 바로 그 순간 어이없는 일이 벌어졌다. 촌각 전까지 만 해도 있었던 청석길이 감쪽같이 사라져 버린 것이다.

뿐만 아니라 세 걸음 앞에서 길을 안내하고 있던 양이랑의 모습도 보이지 않았다.

아니, 조금 전까지만 해도 있었던 장원이며 전각, 정원 같은 것들이 깡그리 사라졌다.

츠츠츠츠......

그때 진검룡은 발밑에서 이상한 소리가 나자 급히 아래를 내려다보았다.

"으헛!"

그는 바닥에 온통 독사와 독지네, 독거미 등의 독물과 독충 수만 마리가 바글거리고 있으며 더러는 그의 몸으로 기어오르 는 것을 발견하고 화들짝 놀랐다.

그는 발을 굴러 두 손으로 독물들을 털어내면서 청석길을 찾으려고 급히 주위를 둘러보았지만 어디에도 청석길과 양이 랑의 모습은 보이지 않았다.

그런데 그때 바닥에 있는 독물 수만 마리가 그를 향해 한꺼 번에 튀어 올랐다.

쏴아아!

"와앗!"

진검룡은 화들짝 놀라서 허공으로 솟구쳤다.

콰아아아!

독물들이 두려운 것도 있지만 징그러움이 훨씬 더했다.

그런데 그 순간 하늘에서도 수많은 독물들이 소나기처럼 그를 향해 쏟아지는 것이 아닌가.

"우왓!"

독물들이 땅으로 떨어지는 것이 아니라 그를 향해 집중적으로 쏟아져 내렸다.

그 순간 그는 재빨리 몸에서 무형강기를 뿜어내 투명한 호신막을 만들었다.

그러자 독물들이 그의 두 자 이내로 접근하지 못하고 호신막 바깥에서만 바글거렸다.

그는 천천히 하강하여 바닥에 내려섰다. 어쨌든 양이랑을 찾아야지만 이 상황에서 벗어날 수 있다.

절진이라는 것을 한번 경험해 보겠다고 청석길을 벗어난 것이 객기가 되고 말았다.

그런데 그가 땅에 내려서려고 하는 순간 느닷없이 주변의 환경이 변해 버렸다.

쿠르르르!

그의 발아래에서 시뻘건 용암이 미친 듯이 들끓고 있다.

조금 전까지만 해도 수만 마리 독물들이 득실거렸는데 그것들은 어디로 사라지고 용암이라는 말인가.

용암에서 불기둥이 십여 장 이상 높이까지 솟구치는가 하면 용암에서 커다란 거품들이 퍽! 퍽! 터지면서 불똥이 이리저리 마구 튀다가 호신막에도 들러붙었다.

'이런……'

치이이…….

그런데 불똥이 호신막을 태우는가 싶더니 구멍을 뻥뻥 뚫어버렸다.

화르륵!

호신막이 순식간에 타버리고 튀어 오르는 불똥들이 그의 몸으로 쇄도했다.

급하게 된 그는 불쑥 위로 몸을 솟구쳐 올랐다.

콰아아아!

그런데 어떻게 된 일인지 용암이 위에서 아래로 우박처럼 쏟아지고 있다.

용암이 아래에서 들끓는 것이지 어찌 하늘에서 쏟아질 수 있다는 말인가.

호신막도 태워서 뚫어버리는 용암인데 진검룡이 공중에 어정쩡하게 떠 있다가 용암을 뒤집어쓰고 짚단처럼 타버리는 것은 시간문제일 것 같다.

"이런 젠장……!"

등봉조극의 경지에 오른 그가 이런 상황에 어떻게 해볼 재간이 없다는 사실이 어이가 없다.

그런데 바로 그때 뭔가 그의 팔을 잡았다.

척!

그가 재빨리 쳐다보니까 어둠 속에서 누군가의 하얀 팔 하나가 튀어나와 그의 팔을 잡고 있는 것이다.

아니, 잡았다고 여긴 순간 그의 팔을 확 잡아당겼다.

"헛!"

다음 순간 그는 청석 위에 양이랑과 함께 나란히 서 있는 자신을 발견했다.

그가 재빨리 두리번거리며 살펴보았지만 방금 전까지 자신을 향해 쏟아지거나 뿜어져 오르던 용암과 불똥은 어디에서도 보이지 않았다.

그가 청석길을 걸어가다가 내디뎠던 오른쪽은 여전히 푸른 풀밭이고 그 너머에 작은 연못과 정원이 보였다.

어쨌든 양이랑이 그를 구한 것이다.

양이랑이 그를 보면서 방긋 웃었다.

"재미있으셨나요?"

양이랑의 말을 듣지 않았다가 뜨거운 맛을 본 진검룡은 씁쓸하게 대꾸했다.

"죽을 뻔했소."

"또 해보실 건가요?"

"어서 갑시다."

진검룡이 청석길을 앞서 걸어가며 서두르자 양이랑은 손으로 입을 가리고 웃었다.

"풋!"

*　　　　*　　　　*

양이랑은 진검룡을 어느 전각의 이 층에 있는 방 앞에 안내하고 돌아갔다.

척!

문이 열리고 정천영이 모습을 드러냈다.

"들어오게."

실내에는 천향루주인 여인이 서 있다가 진검룡을 보며 얼굴을 살짝 붉혔다.

진검룡은 들어가서 실내를 둘러보았지만 정천영과 여인 둘뿐이다.

"천추태후는 어디에 있소?"

정천영이 여인을 가리켰다.

"선 매가 천추태후일세."

진검룡은 움찔 놀랐다.

"뭐요?"

"선 매가 천향루주이며 천추각주일세."

"아……."

진검룡은 적잖이 놀라서 여인 천추태후를 눈도 깜빡거리지 않고 쳐다보았다.

그녀가 천향루주인 줄만 알았지 설마 천추각주일 줄은 상상도 하지 못했다.

진검룡과 시선이 마주치자 천추태후는 얼굴을 붉히며 고개를 숙이고 손으로 옷자락을 만지작거렸다.

정천영은 그녀를 보면서 빙그레 미소 지었다. 그녀가 진검룡을 좋아하고 있다는 것을 알았기 때문이다.

그는 천추태후가 진검룡을 좋아하는 것을 느꼈으면서도 전혀 질투를 하지 않았다.

세 사람은 창가의 탁자에 둘러앉았다.

정천영이 진지한 얼굴로 말문을 열었다.

"천추각에 대한 자세한 설명은 나중에 듣게."

진검룡은 고개를 끄떡였다.

"각주의 고독을 제거하는 일이 급선무겠군요."

정천영은 문 쪽을 힐끗 보고 나서 말했다.

"누가 선 매에게 고독을 주입했는지……."

진검룡이 손가락을 입에 대고 조용히 하라는 시늉을 하자 정천영은 말을 멈추었다.

진검룡이 두 사람에게 전음을 보냈다.

[누가 더 오기로 했소?]

[그런 일 없네.]

[그럼 잠시 기다리시오.]

진검룡은 일어서면서 육성으로 말했다.

"잠깐 볼일 좀 보고 오겠소."

정천영이 따라서 일어서려고 하자 진검룡이 앉아 있으라는 손짓을 보냈다.

노련한 정천영은 누군가 이 방을 엿보고 있는 사실을 진검룡이 감지했을 것이라고 짐작했다.

사실 정천영은 염탐자가 있을지도 모른다고 짐작하여 이미 주변을 샅샅이 살펴보았지만 수상한 기미를 전혀 발견하지 못했었다.

그런데 진검룡은 어렵지 않게 염탐자를 밝혀냈다. 그것이 진검룡과 정천영의 차이다.

밖으로 나온 진검룡은 대기하고 있는 양이랑에게 측간이 어디냐고 물었다.

진검룡은 양이랑이 안내하겠다는 것을 뿌리치고 혼자 정원으로 나섰다.

그는 양이랑이 측간이 있다고 알려준 정원 너머 인공 숲으로 휘적휘적 걸어갔다.

누구를 염탐할 때 가장 중요한 사항은 자신의 모습을 감추고 기척을 최대한 감추는 일이다.

그런 점에서 안상효(安相效)는 염탐에 최적화된 인물이라고 할 수 있다.

전각의 지붕에서 두 개의 지붕이 아래로 급경사를 이루어 겹치는 안쪽의 구석에 엎드려 있는 안상효를 찾아낼 수 있는 것은 신과 새뿐이었는데 방금 하나가 더 추가됐다.

진검룡에게 발각된 것이다. 그는 안상효를 눈으로 보고서 찾아온 것이 아니라 염탐자의 심장박동과 맥박이 이끄는 대로 따라온 것이다.

안상효는 천추각주가 가장 신임하고 있는 두 명의 수하 중에 한 명인 좌호법의 심복수하다.

천추각 전체를 통틀어 네 번째로 고강한 고수이며 천추호위대(千秋護衛隊)의 대주라는 지위에 있다.

천추호위대는 삼십 명이며 천추각의 호위무사들하고는 전적으로 실력이 다른 최정예 고수들이다.

안상효가 자신의 최고상전인 천추태후가 누구를 만나고 있는 것을 염탐하고 있다는 사실을 좌호법은 모르고 있다.

대단한 일이 아닌 것 같지만 그래도 꼭 염탐을 해야겠기에 안상효 자신이 직접 나선 것이다.

이 염탐에서 무언가를 건진다면 나중에 좌호법에게 보고를 하면 되고 그러면 좌호법이 크게 칭찬할 것이다.

안상효가 염탐을 하려는 이유는 천추태후와 같이 있는 정천영 때문이다.

안상효는 그가 누군지 잘 모르지만 천추태후가 가장 신뢰하는 인물이고 무공이 매우 높아서 안상효나 좌호법 정도가 직접 염탐을 해야지만 들키지 않는다는 사실을 몇 번의 경험으로 알게 되었다.

천추태후와 정천영이 만나려고 하는 인물이 누군지는 전혀 모르지만 염탐을 하면 곧 알게 될 터이다.

지붕 아래의 방에서 정천영과 천추태후가 두런두런 대화하는 소리가 들리고 있다.

요즘 건강이 어떻고 천추태후가 아직 저녁 식사를 하지 않았다는 등 별다른 내용은 없다.

그때 여태까지와는 다른 특이한 내용의 말이 안상효의 고막을 흔들었다.

[밥 먹었느냐?]

조금 전에 천추태후가 아직 저녁 식사를 하지 않았다고 말했는데 정천영이 또 물었다.

[배고프지 않느냐?]

천추태후는 대답하지 않고 정천영이 다시 물었다.

안상효는 문득 정천영의 목소리가 조금 이상해졌다는 생각이 들었다.

[밤이 늦었으니까 그만 자라.]

정천영의 목소리는 땅속에서 들리는 듯한 굵직한 저음인데 지금 들리는 목소리는 굵으면서도 청량해서 세 번 듣고 나니까 정천영이 아닌 것 같았다.

그렇지만 안상효는 끝내 그 목소리의 주인이 누군지 모른 채 혼혈이 제압되어 혼절해 버렸다.

진검룡이 안상효를 어깨에 메고 방에 들어오자 정천영과 천추태후는 크게 놀라서 벌떡 일어났다.

이어서 두 사람은 진검룡이 바닥에 반듯하게 눕힌 안상효를 발견하고 더욱 놀랐다.

"이 사람은 천추호위대주……!"

"으음! 이자가 염탐을 했다는 건가?"

＊　　　　＊　　　　＊

천추태후는 충격이 가시지 않은 얼굴로 정천영에게 말했다.

"좌우호법을 불러야 하지 않을까요?"

정천영은 심각한 얼굴로 손을 내저었다.

"아직 하나 확인해 볼 것이 있어."

정천영은 진검룡에게 물었다.

"이자뿐이었나?"

"반경 백 장 이내에 수상한 자는 이자 하나뿐이었소."

정천영은 미간을 잔뜩 좁힌 채 안상효를 굽어보다가 천추태후에게 문을 가리켰다.

"선 매는 잠시 밖에 나가 있는 것이 좋겠어. 지금부터 이놈을 고문해야 하니까."

천추태후는 결연한 표정을 지으며 주먹을 꼭 쥐었다.

"여기에 있겠어요. 저자가 무슨 실토를 하는지 제 귀로 들어야겠어요."

정천영은 곤란한 표정을 지었으나 곧 어쩔 수 없다고 생각하여 안상효에게 걸어갔다.

정천영은 진검룡에게 지나가는 말처럼 물었다.

"나는 이자에게 분근착골을 사용할 텐데 혹시 자네 분근착골보다 더 확실한 고문 수법을 알고 있나?"

진검룡은 잠시 생각하다가 고개를 끄떡였다.

"그렇다면 내가 한번 해보겠소."

그는 일전에 민수림에게 분근착골을 배웠으며 실전에서 두어 번 사용해 봤었는데, 측근들에게 기존의 분근착골보다 효과가 훨씬 탁월하다는 말을 들었다.

"무슨 수법인가?"

"분근착골이오."

"내가 하려는 수법과 같군."

정천영은 그렇게 말했다가 곧 자신이 실언했음을 깨닫고 실소를 지었다.

자신과 진검룡이 절대 같을 수가 없다는 사실을 한발 늦게 깨달았기 때문이다.

같은 검을 사용하여 검법을 전개하더라도 공력이 노화순청의 경지에 이른 진검룡과 일류고수 수준인 자신이 절대로 같을 수 없는 것처럼 말이다.

진검룡은 바닥에 반듯한 자세로 눕혀 있는 안상효를 굽어보다가 손을 뻗었다.

츠으…….

그의 중지에서 푸르스름한 빛살 하나가 뿜어졌다.

정천영은 흠칫 놀라고, 천추태후는 신기한 듯 눈을 동그랗게 뜨고 바라보았다.

다음 순간 두 사람은 푸른 빛살 청광이 쏘아가다가 갑자기 여러 줄기로 갈라지는 것을 목격했다.

청광이 너무도 빠르고 가느다란 탓에 그것들이 몇 가닥인지는 정천영조차도 파악하지 못했다.

파파파파아아…….

그 빛줄기들이 안상효 온몸에 동시에 적중되었다.

제법 눈이 빠르다고 자부하는 정천영이지만 청광 몇 줄기가 안상효의 몸 어디 어디에 적중됐는지 알지 못했다.

정천영이 안상효에게 분근착골을 시전했다면 손가락으로 일일이 혈도를 눌러야 했을 것이다.

그러나 진검룡은 단지 손가락 하나로 한 줄기 지풍을 뿜어내는 것으로 분근착골을 끝내 버렸다.

사실 진검룡은 대라벽산 제팔초식인 발탄기공으로 청영신기를 발출하여 분근착골을 전개한 것이다.

세상에 알려진 고문 수법 중에서 분근착골을 능가하는 수법이란 존재하지 않는다.

그러나 분근착골이라고 해서 다 같지가 않다. 백 명이 분근착골을 전개하면 백 개의 양상으로 나타난다고 할 수 있을 정도로 제각각이다.

그러므로 분근착골에도 당연히 상급과 중급, 하급이 존재하며 그 상중하도 다시 수십 수백 가지로 나뉜다.

단적으로 말해서 진검룡은 상중하의 상에서도 상이며, 그 상을 상중하로 나눈다고 해도 또 상에 속한다. 최고의 분근착골 수법인 것이다.

진검룡은 방금 안상효의 온몸 스물한 곳을 스물한 줄기의 청영신기로 적중시켰다.

두 곳을 찔러 혼혈을 해혈하고 또 두 곳을 찍어서 말을 하지 못하도록 아혈을 제압했으며, 뒤따라 적중된 열일곱 곳이 분근착골 혈도다.

안상효가 눈을 번쩍 떴다.

"……."

이어서 그는 눈을 찢어질 듯이 부릅뜨고 입을 크게 벌리면서 몸을 세차게 부들부들 떨어댔다.

혼혈에서 깨어나는 것과 동시에 그의 몸에서 분근착골이 시작됐기 때문이다.

처음에는 약하게 시작되다가 점차 세기가 강해지는 진검룡의 분근착골은 어느 누구도 흉내조차 내지 못할 것이다.

온몸의 모든 근육을 비틀어서 찢어발기고, 뼈를 깎으면서 부러뜨리는 것 같은 고통을 견딜 수 있는 사람은 아마 존재하지 않을 터이다.

설혹 시술자인 진검룡이라고 해도 그런 끔찍한 고통을 절대로 견디지 못할 것이다.

뿌가각! 투다닥… 뻐거걱……!

안상효의 온몸에서 근육이 뒤틀리고 뼈마디 부러지는 소리가 마구 터져 나왔다.

안상효의 몸이 활처럼 뒤로 젖혀지고 두 눈알이 금방이라도 튀어나올 것 같고 잔뜩 벌어진 입으로는 혀가 뿌리째 뽑혀 나올 것만 같았다.

또한 눈과 입을 얼마나 크게 벌렸는지 가장자리가 찢어져서 피가 흘렀다.

'굉장하다……!'

정천영은 적잖이 놀라는 표정으로 안상효를 내려다보았다. 만약 자신이 분근착골을 시전했다면 이 정도까지 소름 끼치는 고통을 주지 못했을 것이라는 생각이 들었다.

그런데 지켜보고 있는 정천영은 안상효에게 가해진 분근착골의 고통이 시간이 흐를수록 점점 증가하고 있다는 사실을 알게 되었다.

투다닥… 뻐걱… 뿌지직……!

온몸을 미친 듯이 와들와들 떨어대고 있는 안상효의 몸에서 팔다리가 분리되는 것 같은 소리가 터져 나오면서 사지가 멋대로 뒤틀리고 늘어났다.

그뿐만 아니라 갈비뼈가 자리를 이탈하고 내장과 장기들을 쥐어짜거나 조각조각 끊어버리는 것 같은 극심한 고통이 한꺼번에 엄습했다.

이 정도 고통이 인간에게 한꺼번에 퍼부어진다면 혼절하는 것이 마땅하다.

그러나 진검룡이 전개한 분근착골의 무서움은 아무리 고통이 극심해도 절대로 혼절하지 않는다는 사실에 있다.

지켜보고 있는 정천영은 너무도 처참한 광경에 더 이상 보고 있을 수가 없어서 점점 얼굴이 일그러지더니 끝내 눈을 질끈 감아버렸다.

천추태후는 일찌감치 뒤돌아서 두 손으로 얼굴을 가린 채 바들바들 몸을 떨다가 크게 비틀거렸다.

"아……."

옆에 서 있는 진검룡이 급히 팔을 뻗자 그녀는 자연스럽게 그의 품에 안겨 들었다.

한 번 두 번 안기다 보니까 이제 진검룡의 품이 제집 같은 모양이다.

잠시 후에 정천영이 눈을 뜨고 보니까 안상효는 얼굴이 일그러지고 몸이 등 쪽으로 새우처럼 동그랗게 말리고 뒤틀린 채 입속에서 끄억끄억! 하는 소리가 흘러나오고 있었다.

"이러다가 죽겠네."

"죽지 않고 혼절도 하지 않소."

정천영의 말에 진검룡은 담담하게 말하고 나서 손을 들어 청영신기를 발출했다.

츠읏!

청광이 뿜어지더니 다섯 줄기로 갈라져서 안상효의 몸 다섯 군데 혈도에 적중하는 순간 분근착골의 고통이 일시간 씻은 듯이 사라졌다.

그러자 안상효에게서 모든 현상이 뚝 멈추더니 그의 입에서 진득한 신음이 흘러나왔다.

"흐으으……."

그는 자신에게서 고통이 사라졌다는 것과 말을 할 수 있게 되었다는 사실을 깨닫자마자 화들짝 놀라서 눈으로 진검룡을 찾으며 부르짖었다.

"으으으… 뭐든지 말씀드릴 테니까 제발… 단번에 죽여주십시오… 부탁합니다……."

얼마나 고통스러우면 차라리 죽여달라고 애원하는 것인지 생각을 해보면 소름 끼치는 일이다.

진검룡이 손을 뻗어서 가볍게 당기는 동작을 취했다.

스으으……

그러자 안상효의 상체가 일으켜져서 앉는 자세를 취했다. 깔끔한 접인신공의 절기가 펼쳐졌다.

진검룡은 조용한 목소리로 말했다.

"내가 묻는 말에 잘 생각하고 대답해라. 대답이 마음에 들지 않으면 다시 고통을 가하겠다."

분근착골의 고통이 멈추었는데도 안상효는 몸을 부들부들 마구 떨었다.

"으흐흐… 아… 알겠습니다… 물어보십시오……"

진검룡이 짧게 물었다.

"넌 누구냐?"

"……"

안상효는 눈을 미친 듯이 깜빡거리면서 진검룡이 무엇을 묻는 것인지 깊은 뜻을 깨달으려고 애썼다.

그러다가 마침내 알아차리고는 기쁨에 겨워서 외쳤다.

"저, 저는 검천 군림각(君臨閣) 소속 제일고수입니다……"

진검룡은 뜻밖의 사실에 눈이 조금 커졌고 정천영은 안색이 크게 변할 정도로 놀랐다.

진검룡 가슴에 안겨 있던 천추태후는 품에서 벗어나 크게 놀라는 표정으로 안상효를 돌아보았다.

진검룡은 자신보다는 정천영이 안상효를 심문하는 것이

낫겠다고 생각했다.

"물어보시오."

정천영은 설마 천추태후의 최측근인 안상효가 자신들을 염탐할 줄은 예상하지 못했으며, 더구나 그가 검황천문 이각 중에 군림각의 제일고수일 줄은 꿈에도 상상하지 못했었다.

정천영은 짚이는 바가 있어서 마른침을 삼키고 나서 안상효를 쏘아보며 물었다.

"천추각에 검황천문 고수가 너 혼자냐?"

"……."

대답이 없어서 진검룡이 손을 쓰려고 손을 들자 안상효가 자지러질 듯이 외쳤다.

"아, 아닙니다!"

정천영이 미간을 잔뜩 좁힌 채 캐듯이 물었다.

"너 말고 누가 더 있느냐?"

"좌… 좌호법… 입니다."

"아……."

좌호법이라는 말에 천추태후가 나직한 탄성을 흘리면서 비틀거리는 것을 진검룡이 어깨를 감싸주었다.

천추태후가 가장 믿고 있는 두 사람이 바로 정천영과 좌호법이었는데 좌호법이 검황천문 사람이라는 것이다.

정천영은 착 가라앉은 목소리로 다시 물었다.

"검천 소속은 누가 더 있느냐?"

"제 휘하의 호위고수 삼십 명입니다……."

안상효는 헐떡거리면서 겨우 말하는데 삶을 포기한 듯한 표정이 역력하다.

정천영은 목이 타는 것을 느꼈다.

"각주에게 누가 고독을 썼느냐?"

안상효의 초점 없는 눈길이 천추태후에게 향하더니 힘없는 목소리로 대답했다.

"좌호법입니다… 각주와 같이 식사할 때 요리에 고독을 섞은 것으로 알고 있습니다."

천추태후의 안색이 해쓱하게 변했다.

정천영의 이마와 목에 힘줄이 붉어지더니 힐끗 진검룡을 쳐다보며 전음을 보냈다.

[선 매가 듣지 못하게 해주게.]

진검룡은 자신의 옆에 서 있는 천추태후를 힐끗 보고는 자연스럽게 팔을 어깨에 둘렀다.

천추태후는 몸이 떨려서 간신히 버티고 서 있다가 그의 어깨에 무너지듯이 기댔다.

진검룡은 강기를 일으켜 그녀의 몸 주위에 호신막을 쳐서 아무 소리도 듣지 못하게 만들었다.

조금 떨리는 정천영의 목소리가 흘러나왔다.

"좌호법이 각주를 범했느냐?"

천추태후 몸속에 있는 고독은 치정혼인고 즉, 색령고다.

시술자가 주문을 외우면 천추태후는 발작을 일으켜서 시술자가 시키는 일은 무엇이든 한다.

다시 말해 궁극적으로 시술자가 천추태후의 몸을 원했다면 주문을 외워서 그녀가 스스로 옷을 벗고 자신의 품에 안기도록 만들었을 것이라는 뜻이다.

그런 일이 있었다고 해도 천추태후는 그 일에 대해서 전혀 기억하지 못했을 것이다.

안상효는 눈을 껌뻑거렸다.

"그렇지 않습니다."

"무엇이 그렇지 않다는 것이냐?"

"저는 항시 좌호법님 곁에 그림자처럼 붙어 있어서 잘 알고 있습니다. 그런 일은 없었습니다."

정천영은 와락 인상을 썼다.

"네놈이 지금도 좌호법과 붙어 있느냐? 또한 밤에 잘 때도 좌호법과 같이 자느냐?"

"그것은 아닙니다……."

"그 말은 좌호법이 각주를 범했을 수도 있다는 말이렸다?"

안상효는 착잡한 표정을 지었다.

"좌호법께서 그러려고 작심하면 그럴 수 있었겠지요. 그렇지만 저는 좌호법께서 그러지……."

"됐다."

정천영은 진검룡을 보며 진지하게 말했다.

"좌호법을 제압해야겠네."

진검룡은 고개를 끄떡였다.

"그럽시다."

천추태후는 정천영과 진검룡, 그리고 안상효가 자기들끼리 무슨 말을 하는 것 같은데 자신에게만 들리지 않는 것을 이상하게 생각했다.

『붕정대연가(鵬程大戀歌)』 11권에 계속…